はじらいサキュバスがドヤ顔かわいい。

Hajirai Succubus ga Doyagao kawaii.

～ふふん、私は今日からあなたの恋人ですから……！

旭 蓑雄

イラスト／なたーしゃ

プロローグ

「ごめんね、津雲《つくも》くん。私、好きな人がいるの」

夕方の教室だった。

中学二年の秋、俺は初めて女の子に振《ふ》られるという体験をした。

その子はそんなに可愛《かわい》い方ではなかったし、周りの男子からの評価も、よく言って中の中……あるいは下の上くらい。

ただ、いかんせん胸が大きかった。

多分、クラスで一番大きかったと思う——いや、こういう客観的評価ができるところで言葉を濁《にご》すのはよくないので、はっきり言うけれども——一番大きかった。

いわゆる一つの、恵《めぐ》まれた肉体というやつ。

それも、学校に一人いるかどうかというくらいの逸材《いつざい》。

俺だって彼女のことはずっと目で追っていたし、もっと言うと彼女の胸の動きに意識を支配されていた煩悩《ぼんのう》の塊《かたまり》だった。

でも、これって俺が悪いの？

富士山《ふじさん》を富二山と読みかえると、そこに富んだ二つの山が現れる。「なぜそれに登ろうというのか？」という問いには、「そこに山があるからだ」としか答えようがない。

男である以上、その柔らかそうな双丘《そうきゅう》から逃げることはできない。


そのときの俺は、おっぱいの使徒だった。


わかった、この際それは認める。

——ただ一つ言いたいのは、俺は彼女に振《ふ》られたが、別に彼女に告白したわけでもなければ、彼女を好きだったわけでもない、ということだ。


「……え？」

と、呆気《あっけ》に取《と》られる俺に、彼女は顔を赤らめて言った。

「だから、津雲くんの気持ちには応えられない。ごめんね！」

そして、漫画のヒロインがするような典型的な女走りで、教室から飛び出して行く。

その大きな胸をゆっさゆっさと揺《ゆ》らして。

一人ポツンと教室に取り残された俺は、何が起こったのかわからず、しばらく固まっていた。

その翌日、俺が彼女に告白して、見事に撃沈《げきちん》したという噂《うわさ》が広まっていた。

色々と周りに話を聞いたところ、どうも女子の誰かが、「津雲があんたのこと好きみたい」という根も葉もない噂《うわさ》を流し、彼女はそれを真に受けてしまったようだった。

彼女には大きい胸があり、俺は決定的証拠《しょうこ》としてそこに指紋《しもん》ならぬ視線をべっとりと張りつけ続けていた。

彼女がその噂《うわさ》を信じ込んでしまうほど、俺には隙《すき》が多すぎたのかもしれない。

とはいえ、その日から俺はずっとクラスで「登頂失敗者」「樹海ダイバー」「負け犬エベレスト」「中折れ王」などと散々な蔑称《べっしょう》で呼ばれることになった。

最後のは違うと思うけど……。

とにかく、思春期の多感な時期である。

それがトラウマとなった俺は、我ながら極端《きょくたん》な考えに行きついたものだと思う。

「ち、ちくしょう、失敗した……こんなに苦しいのなら……愛などいらぬ……!! ああ、女なんかにうつつを抜かした自分が恥ずかしい!」

正確には、うつつを抜かしていたわけではなかった。ただ大きな胸というその一点に、ロマンのような何かを感じていただけだった。

しかし、もはや失敗は成功の母という、その母ですら俺には敵と感じられた。

汚《よご》れきっている!

俺はいわゆる処女厨《ちゅう》というやつではなかったけれども、そもそも成功を生んだ時点で、失敗は処女ではない。おお、なんとこの世は汚《よご》れきっていることよ！

そうして俺は、「おっぱいでしっぱい」というダジャレに「ブフーッ」と一人噴《ふ》き出《だ》したのち……己《おのれ》の煩悩《ぼんのう》を封印《ふういん》したのだった。

第一章　女嫌いの二次崇拝者と、男性恐怖症のサキュバス

1

俺はその日、都内で開かれたとある同人誌《どうじんし》頒布会《はんぷかい》に顔を出していた。

勘違いされるのが嫌なので、最初に言わせてもらうけどね？

二次元はセーフ。

過去のトラウマによってリアルの女に興味をなくしたとはいえ、二次元に住まう崇高《すうこう》な美少女たちまで否定する気にはなれない。

別にこれは、俺の意志が弱いということにはならないと思う。

そもそもルールというのは人の幸福のために制定されるのであって、そのルール自体を守ることを重視し始めると本末転倒《ほんまつてんとう》なわけで。

裏切られて苦しいから、女の子に興味を持たない——しかし、それが裏切らない女の子なら話は別。

よって二次元はセーフ。というよりも、率先《そっせん》して二次元を愛していく。

俺が今日の同人誌《どうじんし》頒布会《はんぷかい》にやってきたのには、大きな理由があった。

大人気絵師『ヨミ』さんが主催《しゅさい》する同人サークル《夜月花堂《よづきばなどう》》が、今回の頒布会《はんぷかい》にサークル参加するという話を聞きつけたから。

主にそこにアップされるイラスト見たさに、ヨミさんのSNSを欠かさずチェックしていた俺は、このイベントに参加するという呟《つぶや》きを見つけてからこの一週間というもの、興奮で寝つきが悪くなってしまうほどだった。

ヨミさんの描く女の子は官能的で扇情《せんじょう》的。

こういう賢《さか》しらぶった言い方をするのはよくないのでぶっちゃけると、すごくエロい。

何がそんなに絵にエロさを与えているのかはわからないけど、とにかくエロい。

多分、俺の趣味にドストライクなのだと思う。

運命の赤い糸で結ばれた人という言葉があるように、俺にとってはヨミさんの描く二次元美少女こそがそういう存在なのだった。

そのエロいイラストは、俺の失った煩悩《ぼんのう》を揺《ゆ》り動《うご》かしてくる。

リアルの女には、決して向けられなくなった煩悩《ぼんのう》を……。

さて、俺が知る限りでは、ヨミさんがこういうイベントに参加するのは初めてだった。

それが、コミケほど大きなイベントでないのもよい。

コミケには何度か行ったことがあるが、大人気サークルは人が殺到《さっとう》していて、とてもサークル主本人と話す時間がない。できて一言二言の会話と、差し入れを渡すくらい。

でも今日の頒布会《はんぷかい》の規模なら、ヨミさんにきちんと日頃《ひごろ》おかずを提供してもらっているお礼を伝えられるかもしれない……。

興奮しながらきょろきょろと辺りを見渡して探すと、ヨミさんのサークル《夜月花堂》は、その空間に自然な様子で溶け込んでいた。

サークルスペース内部に、二人の少女がいる。

一人は露出《ろしゅつ》の多いアニメキャラのコスプレ姿で売り子をしていて、その周りに数人の男が群がっていた。

「リリィちゃん、そのアニメ好きなの？」

「そのキャラ可愛《かわい》いよねえ」

無駄に大きい脂肪《しぼう》の塊《かたまり》を胸にぶら下げた彼女は、ウィッグとカラーコンタクトをつけているのか、日本人とは思えない容姿をしていた。

金髪碧眼《きんぱつへきがん》。そして、きゅっと引き締まったウエストに、すらりとした長い脚《あし》。

そんな以前なら煩悩《ぼんのう》を抱《いだ》いていたであろう少女を前にしても、俺は冷静だった。

むしろこんな肉塊《にくかい》に夢中になっている男どもを見て、嘲笑《ちょうしょう》する余裕すらあった。

目の前に二次イラスト本という桃源郷《とうげんきょう》があるというのに、この人たちは何をしているってんだ？　見るべきもの、語るべきものは他にあるだろ？

スペースには、そのコスプレの他にもう一人――マスクで顔を隠した少女がいた。

彼女は、同人誌の積み上がった机の奥で、もくもくと何か作業をしている。

「……あの、新刊三冊ください」

俺がスペースにやおらにじり寄ってそう言うと、男に囲まれていたコスプレ売り子の方が、にっこり笑って元気な声を出した。

「ありがとうございます！　千五百円です！」

二千円を彼女に渡し、おつりを貰《もら》うそのわずかな間――

それだけあれば、俺がそのイラストに気づくのには十分だった。

もはや俺の意識は目の前に立ちふさがるコスプレ女ではなく、奥で座って作業をする少女の方に全て持って行かれていた。

彼女はスケッチブックに絵を描いている。

真っ白なキャンパス。そこに鉛筆《えんぴつ》で描かれる絵の造形こそ――!!

「よ、ヨミさんですか!?」

気づいたとき、俺は大声を出していた。

するとびくりと身体《からだ》を震《ふる》わせたスケブ少女が、いかにも恐る恐るといった様子でこちらに目を向ける。

「な……え……？」

「スケブオッケーなんですか⁉　○イッターではやらないって呟《つぶや》いてたじゃないですかあ！」

「ちょっと、君……」

怪気炎《かいきえん》を上げる俺を、そばにいるコスプレ女が制止する。

「オッケーなら俺だって持ってきたのにい！　あんまりだあああ！　ああ、そ、そうだいまからスケブ買いに行ってくるんで、締め切らないでくださいよ！」

「待って、落ち着いて。あれ、他サークルさん限定でやってるだけだから。一般の人のは、ちょっとお断りしてるんで」

「……え、そうなの？」

コスプレ女になだめられ、俺はようやく正気を取り戻した。

そして、今日このイベントにサークル参加していない自分の境遇《きょうぐう》を呪《のろ》った。

……くそっ、こんなことがあるなら、絵を勉強して神絵師にでもなっておくんだった！

とはいえヨミさんのサークル参加を知ったのが一週間ほど前なので、イベントに申《もう》し込《こ》むも糞《くそ》もなかったわけだけど。

「ヨミさん、大ファンなんです！　せめてサインいただけませんか！」

めげずに声をかけると、またスケブ少女はびくりと身体《からだ》を大きく震《ふる》わせた。

それからコスプレ女を手招きし、何やら奥でごにょごにょとやり出す。

しばらくして帰ってきたコスプレ女は、俺をじろりと睨《にら》んでから、

「……サインしてあげるって。ペンはあるから、色紙出して」

「あ、それじゃ色紙と新刊と、あとはこのシャツにしてもらえる？」

俺はヨミさんのイラストを印刷したキャラクターTシャツを着ていた。ジャケットの前を開くと、プリントされた萌《も》え絵が露《あらわ》になり、それを見たコスプレ女が眉《まゆ》をひそめる。

「……うちのサークル、そんなグッズ作ったことないんだけど？」

「売り子風情《ふぜい》がほざくんじゃない。ここはヨミさんのサークルだろ？」

「私もサークルの一員よ！　失礼なやつね！」

コスプレ女が、眉《まゆ》をきゅっと吊《つ》り上《あ》げる。

「そいつは悪かった。このTシャツは個人利用しているだけで、もちろん転売等はしていない。そんなことをしていては、ファン失格だからな」

「……あんたひょっとして頭がおかしい人？」

「初対面の人間に対し、何という言い草なんだ……？」

「あんたに言われたくないわよ！」

顔を真っ赤にして、怒りを露《あらわ》にするコスプレ女。

「……ちょっと」

そのとき、いつの間にかヨミさんが座ったまま俺たちの近くまで移動しており、コスプレ女の穿《は》くスカートの裾《すそ》を引っ張っているのがわかった。

「……あれ、どうしたの、夜美《よみ》？」

「……この人、リリィを見ても何も感じないみたい……」

「え？　あ、そう言えば……」

ひそひそと何かを相談していた二人の目が、一斉《いっせい》に俺へと向けられる。

「どうかしましたか、ヨミさん？　あ、これ色紙です」

色紙を押しつけるように渡すと、彼女はまたじっと俺を見つめた。

マスクをつけているので、表情から感情を読み取ることはできなかったものの、その目はいかにも真剣《しんけん》だった。

俺は途端《とたん》に緊張《きんちょう》した。よくよく考えれば、この人がずっと憧《あこが》れていたヨミさんなのだ。先ほどのスケブの絵を見れば、そんなことくらい嫌でもわかる。

「……この女を見て、あなたは何も感じないのですか？」

ヨミさんはコスプレ女を指差し、マスクごしにぼそりとそう言った。

「感じる？　どういう意味ですか？」

「エロいでしょう。こう、ぐっと魂《たましい》に込み上げてくるものがあるでしょう」

「ないです」

「では、あなたはひょっとして同性愛者とか、そういう類《たぐい》の人ですか？」

「ま、待ってください！　俺はヨミさんのエロエロな絵が好きなんですよ！　安易な18禁を描かず、ギリギリのラインでエロさを追求しようとするその姿勢に、尊敬の念を覚えているんです！　俺が同性愛者だったら、ここまで女の子のイラストにビンビンに反応しませんよ！」

「では、なぜ」

そう言って、ヨミさんは目元を赤くした。マスクをしていても顔の赤さがわかるくらいなので、きっとその言葉を言うのに相当の抵抗《ていこう》があるのだろう。

「──なぜ、リリィに欲情しないのです？」

「だって、これは三次元の肉塊《にくかい》じゃないですか！」

「……なんか、さらりととんでもない侮辱《ぶじょく》発言をされた気がするんだけど……」

どうもリリィというらしいそのコスプレ女は、俺をジト目で睨《にら》みながら、ぼそりと呟《つぶや》いた。

「俺は二次元の女の子が好きなんですよ！　たまに同じようなことを言うやつがいるので、信じてもらえないかもしれないですが、本当なんです！　俺が好きなのはあなたの絵なんです！」

言いながら、もう一度ジャケットの前を開く。

「そ、それは私のアカウントの看板娘《かんばんむすめ》キャラ、サバトたそ……」

一枚シャツをめくる。

「こ、今度は同じく看板娘《かんばんむすめ》キャラ、スケアクロウちゃん……」

「あんた、なんで二枚も同じような萌《も》えTシャツ着てんのよ……？」

「そんなみすぼらしいコスプレで、痴態《ちたい》を晒《さら》しているお前よりマシだ」

俺は悠然《ゆうぜん》と笑ってコスプレ女をあしらうと、またヨミさんに向き直った。

「──ガチなんです」

「──でしょうね」

「信じてもらえましたか？」

しかしヨミさんは、まだ胡乱《うろん》げな目で俺を見ていた。

「俺は今日、あなたに会いたいがためにこのイベントに来たんです。日頃《ひごろ》のお礼を言いたくて」

「お礼？」

「いつも、無料で絵をアップしてくれるじゃないですか。ヨミさんの画力なら、もうどこかの企業《きぎょう》のお抱《かか》えイラストレーターになっていたって不思議じゃあない！　でもどこにも属さず、フリーとしても仕事をほとんど受けず、淡々《たんたん》と無料でイラストを投稿《とうこう》してる。これは俗《ぞく》にいう、振り込めない詐欺《さぎ》というやつですよ！」

「いや、まあ生活のためにやってはいるんですけどね」

「そうなんですか？　でも、あれだけのクオリティの絵を毎日何枚もアップするなんて、普通は考えられませんよ。俺と同じような気持ちのファンはたくさんいると思います！」

「そうだ、少年！　君はいまいいことを言ったぞ！」

するとと、ずっとコスプレ女の取り巻きを演じていた男たちが、ここぞとばかりに俺の意見に賛同の声を上げた。

「俺だってヨミさんの絵に惚《ほ》れこんでここまで来たんだ！　ヨミさんが風邪気味《かぜぎみ》というから、こっちの売り子さんとつい話し込んでいたが——本当はお礼を言いに来たんだよ！」

「俺だってそうだ！　ヨミさんのエロい絵は、普通のエロい絵とは違う！　なんか、魂《たましい》を削《けず》られてる感ある！」

「夢にまで出てくるレベル！」

「聞こえますか、ヨミさん？　これがあなたのファンの声なんですよ！」

　俺は堂々と胸を張った。

「……何か無理やりいい話風にしようとしてない？」

　コスプレ女が何か言ったものの、俺たちの一体感はもう誰にも止められなかった。

　突如《とつじょ》として沸《わ》き上《あ》がったヨミコールが会場に響《ひび》き渡《わた》り、他の参加者たちが《夜月花堂》の方に目を向けてくる。

「うおおおおお！　二次元サイコオオオオオ！」

「ヨミ！　ヨミ!!　ヨミ!!!」

「はい、そこ静かにしてください！　他の参加者さんの迷惑《めいわく》になりますから！」

　関係者らしき人がやってきて、俺たちを羽交《はが》い絞《じ》めにした。

「うわ！　なんだやめろ、これが言論の弾圧《だんあつ》というやつか⁉」

「表現を規制するな！　この恥知《はじし》らず！　黒塗《くろぬ》りモザイクの権化《ごんげ》め！」

「運営の犬ども！　俺たちをどうにかしても自由は死なんぞ！」

「誰もそういう話をしてるわけじゃありませんから！　はい、ちょっと、こっち来て！」

「ま、待って！　まだヨミさんのサイン貰《もら》ってない！　う、うわあああぁぁぁ！」

俺は悲痛を叫んだものの、もはや全てが遅きに失していた。

会場を追い出されてしまってから、俺はどうすることもできず、失意に沈んで帰りの電車に乗った。そこで新刊を開く。

これだけが、今日何とか手に入れることのできた唯一《ゆいいつ》の成果だった。

いつもはネットで見ているだけだったからか、実際に紙にプリントアウトされたヨミさんのイラストは一層すばらしいものに感じられて——だからこそ込み上げてきた無念の感情もないまぜになり——俺は一人で涙をこぼした。

2

その夜、俺はなかなか眠ることができなかった。

というのも、あれから、さらなる大事件があったから。

まず、昼間の出来事からようやく立ち直ってきたとき、ヨミさんがSNSでこう呟《つぶや》いているのを見つけてしまった。

『近々、筆を折るかもしれません』

ひょっとすると、その原因は俺たちにあるのだろうか？

あまりに熱狂《ねっきょう》的になり過ぎて、彼女は恐怖を感じてしまったのかもしれない。

何とか彼女に思いとどまってもらおうと思って、こうリプを送った。

『グッズを勝手に作ってしまったことが悪かったでしょうか？　もう二度としないので、考え直してください……ヨミさんの絵を楽しみにしている人はたくさんいると思います……』

彼女はそれからずっと呟《つぶや》かなかったけれども、俺のアカウントにフォローを返し、他の誰にも見えないダイレクトメッセージで『原因はあなたにあります』と送ってきた。

やはり、と震《ふる》え上《あ》がった俺は、彼女にひたすら平謝《ひらあやま》りするメッセージを送った。

『謝《あやま》ってもらわなくても構いません。そんなことより、あなたはひょっとして私のファンサイトに登録していたりしますか？』

『もちろんです』

『そこで物販《ぶっぱん》を買ったことは？』

『全部三つずつ買ってます』

それきり、彼女からの返信はなかった。

俺は改めて、ヨミさんのことを思った。彼女がスケブにエロエロなキャラを描く様子は、慈《じ》愛《あい》に満ちた創造主が、あたかも生き物を作り出す過程のようにすら感じた。

本当に、あの崇高《すうこう》な営みが失われてしまうのか？　しかも俺のせいで……？

悶々《もんもん》と悩んでいるうちに、俺はようやくうとうとし始めた。

……・……・……

……ハッと気づいたとき、なぜか俺の目の前にヨミさんが立っていた。

中学二年時代の教室で、時刻は夕暮れ。

くしくもそれは、あのトラウマの日の情景とまったく同じだった。

違っているのは、ただ目の前にいる少女だけ……。

「私は知ってるんですからね、『津雲康史《やすし》』……」

厚手のコートを羽織ったヨミさんは、イベント会場でしていたようなマスクをしていなかった。多分、年齢《ねんれい》は俺と同じくらいだろうか。整った顔立ちで、クリッとした大きな瞳が印象的だった。

なぜ彼女が俺の名前を知っているんだろう、とぼんやり考えているとき、

「あ！　みんな俺のことはヤスって呼ぶんです、ヨミさん！」

俺は咄嗟《とっさ》に、自分のあだ名を彼女に伝えた。

他の散々な蔑称《べっしょう》が、この教室のこの夕暮れから始まってしまったことを思い出したからだった。そこには、機先を制する意味合いがあった。

「そうですか、ヤス。では私のことも夜美と呼んでください」

「はあ」

「――私は知ってるんですからね、ヤス」

もう一度、ヨミさん――いや、夜美は同じ言葉を繰り返した。

「え、何をですか？」

「ヤスが適当なこと言ってるってことをですよ！　二次元にしか興味がないと言って、私を期待させるとはいい度胸ではないですか！」

急にわけのわからないことを叫ぶと、夜美は真っ赤な顔をしてコートのボタンを一つ一つ外していく。

「で、でもここでは誤魔化《ごまか》せないですからね？　これは私の見せる夢。いわば、私のホームグラウンドなんですから！　あなたが普通に、女子に欲情することなんて丸わかりですから！」

そう言うが早いか、夜美はコートの前をバッと開いた。

そこには、普通に制服を着た彼女の姿があった。

夜美はますます真っ赤になると、すぐにコートでその姿を隠す。

「──は？」

意味不明だった。

彼女の様子を見て俺がまず連想したのは、露出癖《ろしゅつへき》とか逆痴漢《ぎゃくちかん》とか、そういうシチュエーションだった。コートの下は下着姿とか、もっと言うと素っ裸《すっぱだか》で、痴態《ちたい》をあえて晒《さら》して快感を得るとかいうあれ。

とはいえ、いま夜美は普通に制服を着ていたわけだけれども。

何がしたいんだ、この人……？

俺がさっぱり状況を理解できずにいると、夜美はちらちらと俺の方を覗《うかが》ってくる。

「……ふふふ、どうやらまだその本性《ほんしょう》を隠すようですね？」

「え、いや」

「でも、これならどうですか！」

また夜美はコートを開く。そこには今度、夏服姿の彼女がいた。

なんとブレザーを身につけず、ブラウスは半袖《はんそで》。

彼女は「うおお……」とか呻《うめ》き声を上げながら、ずっと夏服を晒《さら》している。

「くっ、これでもまだ本性《ほんしょう》を現しませんか……」

「……いや、さっきから何やってんの？」

思わず敬語を引っ込めてしまう。戸惑《とまど》う俺を前に、夜美は怒りの形相《ぎょうそう》だった。

「だから、あなたの虚言《きょげん》を引っぺがしてやろうとしてるんですよ！　二次元にしか興味がないとか言って！　本当は生身の女をどうこうしてやりたいと思ってるんでしょう！　エロ同人みたいに！　エロ同人みたいに！」

「みたいにってなんだ。エロ同人は最高だろ。それで満足できるのに、なんで惨事《さんじ》にまでランクを落とさにゃならんのだ？」

すると夜美は真っ赤な顔のまま、ニヤリと笑った。

「そ、そこまで言うなら仕方ありませんね……？　これを見ればどうせ、あなただって欲情するに決まってるんです。わ、私だって、夢の中以外でこんな痴女《ちじょ》じみた格好は、絶対にしないんですからね……？」

そう言って、夜美は夏服のスカートに手をやった。

「パンツじゃないから恥ずかしくない……パンツじゃないから恥ずかしくない……」

何やらぶつぶつ言いながら、ゆっくりとスカートをめくり上げる。

その下には、紺色《こんいろ》のインナーがあった。よくよく見ると、それはスクール水着である。

着替えるのが面倒臭《めんどうくさ》いから、下に着てきちゃった～とかいうあれだろうか。

紺色《こんいろ》のスク水と白いふとももが、くっきりとしたコントラストを作り上げていた。

俺は真顔のまま、しばらくスカートをめくり上げ続ける夜美を眺めていた。

「──な、なんでピクリとも反応しないんです！」

「いや、なんでって言われても」

「こうなったら最終手段！　むおおっ！」

気合いとともに夏服がパージされ、彼女は完全なスク水姿になる。

「こ、これでも反応しない!?　男失格だあ!!」

「黙れ、三次元風情《ふぜい》が！　さっきからわけのわからねえことをやりやがって！」

ついに俺は怒った。

「俺はな、あんたの絵が好きなんだよ！　俺を欲情させたいってか？　なら、イラストでも同人誌でいいから、それを持ってきやがれってんだ！」

「ドリームズ・カム・トゥル〜」

夜美が意味不明な呪文《じゅもん》を呟《つぶや》くと、彼女の手に《夜月花堂》の完全初見イラスト本が現れる。

それを見て、俺はハッとなった。

「——そいつをよこせえええ！」

「は、反応している……」

夜美は汚物《おぶつ》でも見るような目で俺を見る。

「へ、変態だ！　異常者だ！」

「やかましい！　教室でスク水を着ているようなやつに言われたくない！」

その言葉でコートの前を開けっ放しにしている自分の格好を思い出したのか、夜美は絶望とはこういうものと言わんばかりの顔になって、さっと身体《からだ》を隠した。

「こ、このすけべえめ！」

「いや、お前ちょっと自意識過剰《かじょう》だぞ」

「くそっ、本当にまるで反応していないのが腹立つ！」

夜美は、いまにもこちらに噛《か》みついてやろうとばかりの顔をしている。

「──ではこれならどうだあ！」

その咆哮《ほうこう》とともに、夕暮れの教室に、巨大な十字架《じゅうじか》が二つ現れた。

一つには夜美自身が磔《はりつけ》にされ、もう一つには《夜月花堂》のイラスト本が磔《はりつけ》になる。

次の瞬間、十字架《じゅうじか》の根元から炎が上がり、俺は驚愕《きょうがく》に目を剝《む》いた。

「──な⁉」

「むはは！　さあ、この恐ろしい悪魔的《あくまてき》二択《たく》の前に、その本性《ほんしょう》を現すがよい！」

俺は迷わずイラスト本の救出に向かった。

「こ、このサイコパスぅ！　あっち！　あついあつい！　ちょ、助けて！」

「やったぞお！　イラスト本は無事だ！」

「お前には人間の赤い血が流れていないのかあ！　もはや性癖《せいへき》どうこうの問題じゃないぞ、これは！」

夜美が絶叫《ぜっきょう》すると、十字架《じゅうじか》が消え、俺の手から大切なイラスト本も消失する。

「ああ！　お、俺のイラスト本は⁉」

「く……くっくっく……ここは私の見せる夢だと言ったでしょう？　もちろん、しまっちゃいました！　残念でしたねえ、ヤス。ここでは、全てが私の思いどおりなんですからね……」

勝《か》ち誇《ほこ》ってそう言う少女は、身体《からだ》からプスプスと黒い煙《けむり》を上げている。

「……いや、炎に焼かれてるじゃん」

「動揺《どうよう》したんですよ！　目の前で起こったことが信じられなくて！」

夜美は詰問《きつもん》口調で詰《つ》め寄《よ》ってきたが、お互《たが》いの顔と顔が近くにあることに気づくと、またボンッと音でも出そうな勢いで赤面して距離を取る。

「ま、まあいいでしょう……最初から計画どおりです。あなたは本当に二次元にしか興味がない異常者でした！　合格です！」

「はあ？」

「くっくっく、またきっと近いうちに会うはずですよ、ヤス。今度はこんな夢の中ではなく、リアルの世界でね……では、ごきげんよう！」

夜美は高笑いしながら、教室の窓から外に飛び出した。

彼女の背中からコウモリのような翼が生え、空を赤く焼く太陽に向かって飛んでいく。

その後ろ姿が見えなくなったとき、俺はハッと目を覚ました。

「……夢か」

当たり前だった。

いまの意味不明な出来事が、夢でなくて何なのだ。

「……くっくっく、首を洗って待っていることです、ヤス、むにゃむにゃ……」

「——え？」

と、思って横を見た俺は、そこに夜美の寝顔があることに気づいて固まった。

あれえ？　確かにこの顔は、いまのいままで、夢の中でわけのわからないことをほざき続けていた少女のものだ……。

俺はベッドから身を起こし、黒いマントを纏《まと》ったまま、すやすやと寝息を立てる彼女の姿をしばらく眺めていた。

それから、その少女が抱《だ》き枕《まくら》に描かれたイラストではないということを確かめ。

そこが俺の部屋であるらしいことを確かめ。

頬《ほお》をつねって痛みがあることを確かめ。

「——う、うわああああああああああああああああああ！」

絶叫《ぜっきょう》した。

3

なんでここにヨミさんがいる⁉　さっきのは夢で――え、まさかこれも夢の続きか⁉

混乱した俺は、ヨミさんの頰《ほお》をつついてみた。柔らかい肉塊《にくかい》の感触が返ってくる。

スカートをめくってみた。そこにあったのは、先ほどまでのスク水ではなく、レース模様の入ったピンク色のパンツだった。

「は、え、なんで……はあ⁉」

慌《あわ》てて彼女から距離を取る。

だって夢ではスク水だったじゃん！　パンツじゃなかったじゃん！

「――ってことは、これは現実なのか⁉」

「――ハッ！　いけない！　ま、まさか私まで眠《ねむ》ってしまっていたとは！」

そう言って、ヨミさんはバッと身を起こす。ものすごいよだれが枕《まくら》から伸びていた。

「き、きたねえ！　てか、そんなことじゃなく――」

「――うるさいわよ、康史！　いま何時だと思ってんの！」

隣はおかんの部屋であった。

「すいません！」

ゴンッと壁《かべ》が叩《たた》かれ、咄嗟《とっさ》に謝《あやま》ってしまう。それで少し冷静になった。

目を覚ましたヨミさんがやはり本物の人間であることを確認して、俺は壁《かべ》に背をつけたまま
ゆっくり立ち上がった。冷《ひ》や汗《あせ》をかきながら、照明をつける。

「な、なんだよこれ……け、警察を呼ぶからな……？　不法侵入《しんにゅう》だよな、これ？」

「まあ、落ち着いてください。少し手違いが生じてしまいましたが、結局早いか遅いかの違いしかありません。私にまず説明させてくださいよ」

なぜかドヤ顔の彼女を見て、俺はさっと血の気《け》が引く思いを味わっていた。

「何言ってんのかわからないけど、それ、あんたの都合じゃねえか……」

「まあまあ、ここはこれで一つ」

ヨミさんは俺の机に近づくと、そこにあるプリントにさらさらと絵を描いた。

「——おお、可愛《かわい》い！　新キャラ？」

「……ちょろすぎわろた」

「何か言った？」

「いえ、いえ、何も！」

ヨミさんはわざとらしいことこの上なく、ニコニコと笑っている。

そのときになって、俺はさっきの夢の延長のまま、彼女にタメ口で接してしまっていることに気づいた。というよりも、ようやくこれが現実だと理解し始めたと言うべきか……。

「……き、急にやってきて何なんです？　っていうかあなた、ヨミさんですよね？」

「あなたこそ何ですか。さっきまであんなに偉《えら》そうに話していたくせに」

「はあ？」

「いいから普通に話してください。さっきまでの夢は、私が見せていました。ですから、それと同じような態度で接してもらって結構ですよ、ヤス」

彼女が俺のあだ名を口にして、ハッとなる。

「え、ど、どういうこと？」

「あなたが冬服と夏服の私を見ても反応せず、ついにはこの私に、す、スクール水着を着させたことも知っています……」

「あれはお前が勝手に着たんだろうが！　──って、え？」

ヨミさん──いや、夜美は顔を真っ赤にしたまま、ドヤ顔になる。しかし、口元がひくひくと痙攣《けいれん》していた。

「ふっ……ご理解いただけましたか？」

どうやら、こいつは本当に俺の見ていた夢を知っているようだ。しかもさっき、それを自分が見せていたとかなんとか……。

「夢を見せるって……いや、なんでそんなことができんの？」

「あ、それ聞く？　このタイミングで聞いちゃいます？」

イラッとする。

「お前、何なんだよマジで……」

「ふっふっふ……実は私、サキュバスなんですよ、ヤス」

言いながら、夜美はニヤリと笑った。

「はあ？」

「男に、え、えっちな夢を見せて、欲望を吸い取るという悪魔を聞いたことがあるでしょう」

「えっちな夢って？」

「いや、それは……だから……と、とにかくえっちな夢ですよ！　説明したら、ヤスが鼻血を出すくらいの、えっちなやつ、です！」

「なんでそんなどもってんの？」

「う、うるさいですね。いま話してるのは私です……」

「で、お前がそのサキュバス？」

「むはは、そのとおり！《夜月花堂》のサークル主『ヨミ』は世を忍《しの》ぶ仮の姿……しかしてその実態は！　サキュバス界の置きボム使い！　天谷夜美《あまがいよみ》！」

「なあ、どうでもいいけど、もうちょっと声を小さくしてくれる？　隣の部屋で母さんが寝てるんだよ……」

夜美はハッとした表情で口を押さえ、隣室《りんしつ》と俺の部屋を隔《へだ》てる壁《かべ》をまじまじと見やった。

「……お前がサキュバスだっていう証拠《しょうこ》ある？」

気まずそうに黙っている夜美に助け船を出すつもりで、俺はそう訊《たず》ねた。すると、すぐに夜美は表情を変え、得意げになる。何というか、表情がコロコロと変わるやつだ。

「私がここにいること自体が証拠《しょうこ》ですよ」

「どういうこっちゃ」

「夜のサキュバスは無敵ですから、壁《かべ》だってなんだってすり抜けます。侵入《しんにゅう》に煙突《えんとつ》を必要とするサンタクロースなんて、鼻息で吹き飛ばせるレベル」

見ると、窓の鍵《かぎ》は閉まっていた。ドアの鍵《かぎ》も閉まっている。

確かにこの部屋はいま、誰かが入り込めるほどあけっぴろげではない。しかし、どうにか侵《しん》入《にゅう》した後で、入り口の鍵《かぎ》を締《し》め直したとも考えられる。

「じゃあ、いまちょっとやってみろよ。その壁《かべ》すり抜けってやつを」

「観測されているとできませんよ」

「ええ……お前、量子か何か？」

「リョーシ……？　何ですか、それ？　とにかく、すり抜けをやってもいいですが、ちょっと向こうを見ていてください」

夜美は顔を赤らめながら、窓と反対の方を指で示す。見ちゃいや、とでも言い出しそうな表情だ。

とりあえず俺は、その指示どおりに彼女から目を逸《そ》らした。

少しした後、窓をコンコンと叩《たた》く音が聞こえる。

そちらを見ると、夜美が外から窓をノックしていた。

ドヤ顔で。

我が世の春と言わんばかりの得意面《づら》で。

俺は驚愕《きょうがく》した。

いま、窓が開けられた形跡はなかった……。

音もしなかったし、風が吹き込むようなこともなかった……。

「うわ、じゃあマジなのかよ……」

窓には鍵《かぎ》がちゃんとかかっている。俺は呆気《あっけ》に取られたまま、しばらくそのまま窓越《ご》しに彼女を眺めていた。

そして。

「……あれ、観測されるとすり抜けられないってことは、こいつい入れないいんじゃね？」

俺がそう思いついたとき、窓の向こう側で夜美もまったく同じことを思ったようだった。

彼女は途端《とたん》に焦《あせ》った顔つきになり、窓を叩《たた》く力を強める。

「……開けてぇ、開けてぇ……」

と、ガラス越《ご》しに小さな声が聞こえてきた。

しばらくその様子をじっと観察してから。

流石《さすが》に可哀想《かわいそう》になってきた俺は、ガラガラと窓を開けて彼女を部屋に迎《むか》え入《い》れた。

「ど、どうして早く開けないいんです⁉」

「いや、身の危険と良心を秤《はかり》にかけてて」

「リョーシ⁉　何かさっきも似たようなこと言ってましたね⁉」

「それは量子。今度は良心」

「な、なんでいま両親の話をするんですか！　あれですか？　私が実家を勘当《かんどう》された落ちこぼれだって馬鹿にしてるんですか？」

「知らねえよ、そんなこと。てか、ここ二階なんだけど」

俺は窓から少し身を乗り出し、下の庭を見た。

「だから何だって言うんです？　ふっふん、夜のサキュバスは飛べますよ」

「……じゃあ最初から飛べばよかったんじゃね？　それで流石《さすが》に信じたと思うけど」

俺が言ってから、しばらく気まずい沈黙があった。

「……や、ヤスが壁《かべ》のすり抜けを見たいなんて言うからあ！」

「人のせいにするんじゃねえよ！」

「人の精を吸うんですって！」

「うるせえ、馬鹿野郎《ばかやろう》！」

イライラした俺が詰《つ》め寄《よ》ろうとすると、夜美は顔を真っ赤にして距離を取る。

「く……くっくっく、あまり調子に乗らない方がいいですよ？　もう私がサキュバスだとわかったはずです。人間など、夜のサキュバスにとっては三時のおやつも同然ですからね……」

「俺は二次のイラストの方が好きだけど」

「うるせえ、馬鹿野郎《ばかやろう》！」

勝負はまったくの互角《ごかく》であった。

手を出せばやられる。そんな嫌な雰囲気が漂《ただよ》う膠着状態《こうちゃくじょうたい》を破ったのは、俺の方だった。

「まさか、サキュバスなんてもんが、本当にいるとは思わなかったよ……」

「ふふん、浅はかなり人間……サキュバスの牙は、現代社会に深く食い込んでいます。それはもう——サーベルタイガーばりの長い牙がね！」

そいつ絶滅《ぜつめつ》してんじゃねえか。

「……で、そのサキュバスが俺に何の用？」

「昼、頒布会《はんぷかい》で会ったじゃん？」

急にくだけた口調で言われて戸惑《とまど》ってしまう。自分たちのノリを押しつけてくるパリピに通じるウザさがあった。

「……会ったけどさ」

あのときの崇拝《すうはい》、尊敬、その他諸々《たもろもろ》の感情を返せよ、マジで。

「あれこそ淫魔《いんま》の目が、獲物《えもの》を捕《と》らえた瞬間だったのですよ。あなたはあのとき、私と一緒にいたリリィに何の反応も示しませんでしたよね？」

「ああ、あのコスプレ女のことか。そりゃあ興味ない」

「そうです。実はあの女もサキュバスで、普段よりもちょっと人のえっちな気持ちを喚起《かんき》させる力を強めていました。でも、ヤスはそれをものともしませんでした」

「あんな肉塊《にくかい》に欲情しろとかいわれてもねえ……」

「そう！　その変態性こそ、私がずっと探し求めていたもの！　こちらに薄汚《うすぎたな》い欲望を放ってこない男！　すばらしい！」

「褒《ほ》めてんの？　貶《けな》してんの？」

「もちろん、褒《ほ》めています。私はあなたがいれば、もうイラストを描かなくてよくなるかもしれません。私が○イッターで、『筆を折る』って呟《つぶや》いたの見ましたよね？」

「見たよ！　そうだ、考え直してくれ！」

そのことを思い出した俺が土下座しながらにじりよると、夜美は尻餅《しりもち》をついたまま、足蹴《あしげ》りの弾幕《だんまく》を張った。

彼女はスカート姿だったので、パンツが丸見えだった。さっきも見たレース模様が入ったピンク色のやつだ。だから何だ、という話だけれど。

「ち、近づくなあ！　その場で話を聞けえ！」

「何をそんなに焦《あせ》ってるんだよ……」

「わ、私は男の人が苦手なんですよ！」

「はあ？」

「ああ、違う！　苦手じゃなくって、あれですよ、ほら、こっちから願い下げっていうか？　キモいっていうか？　下半身に第二の脳を持つ怪獣《かいじゅう》がいたじゃないですか？　あれなんですよ」

こいつが何を言っているのか、さっぱりわからない。

「ね？　これでわかったでしょう？」

ドヤ顔を浮かべられても、さっぱりわからない。

「いや、あの……依然《いぜん》として意味不明なんだけど」

「にぶちんですねえ。サキュバスとして、男に近づけないのはまずいじゃないですか。だから私は、あなたで練習したいんです。あなたは私を見ても変な気を起こさない。それを確かめようと思ってやってきて、改めてテストをしましたが、やはりあなたは二次元にしか欲情しない変態でした！　とんだサイコ野郎です！」

「やっぱ、貶《けな》してるだろ」

「いえ、最高な野郎だと褒《ほ》めているんです！」

なんて調子のいいやつだ。

「テストって、お前がさっき見せたあのわけわからん夢のことか」

「そうですよ。あの夢の中で、私のような美少女よりもたかがイラスト本を選び取ったあなたは本物です」

俺と夜美が鼻で笑ったのは同時だった。

「――『私のような美少女』だって？」

「――『たかが』イラスト本をね？」

空気がひりつく。お互《たが》いが、許しがたい発言をしたからだろう。

「……二次元になって出直せ、この肉塊《にくかい》」

「……遺伝的欠陥《けっかん》生物」

「……大《だい》☆惨《さん》☆事《じ》」

「……永久自家発電機」

「……顔面常時炎上淫魔《えんじょういんま》」

「……萌《も》えT野郎」

それは別に悪口じゃなくね？　萌《も》えTはただのファッションだし。

早くもレスバトルに勝利した俺は、途端《とたん》に気を大きくした。

「ま、いいから話を続けろよ。聞くだけ聞いてやるからさ」

「なんで勝ったみたいな雰囲気醸《かも》し出《だ》してるんですか？　いまのは七三くらいで私の判定勝ちでしたよね？」

「いいから、いいから！　もう、そういうの大丈夫なんで！」

「は、腹立つ！」

夜美はまた顔を赤くして、俺をキッと睨《にら》みつけた。

4

夜美の話によると、こういうことらしい。

サキュバスは男の煩悩《ぼんのう》を刺激し、そこに生じた欲望を吸い上げる。

特に夢の中に入り込んで男を誘惑《ゆうわく》し、喚起《かんき》した欲望を吸うのは、彼女たちの業界用語で『搾《さく》欲《よく》』と言われ、普通のサキュバスなら食事をするようにできる当たり前の行為なのだという。

ただ、夜美はサキュバスであるにもかかわらず、その『搾欲《さくよく》』行為を行うことができない。

なぜなら現実はもちろん、夢の中でも男そのものに近づくことができないから。

どうやら、欲望を自分に向けられるのが無理らしい。

サキュバスとしてそれってどうなの？　と言いたくなるが、実際にそれを指摘すると「だから悩んでるんでしょうが！」と逆ギレされた。

そこで夜美はその代替手段《だいたいしゅだん》として、エロイラストを描いてネットにアップすることによって男の欲望を喚起《かんき》し、かすめ取っていたというのだ。

「くっくっく……これが、私が業界で『置きボム』使いとして恐れられている所以《ゆえん》です」

「それ、恐れられてるっていうか、馬鹿にされてない？」

夜美は、俺を無視して話を続ける。

「とはいえ、イラストから搾《しぼ》り取《と》れる欲望も微々《びび》たるものですからね。いつか、自分で直接『搾欲《さくよく》』できるようにならないといけないと思っていたんです。両親にも最近、『そんな絵を描いてる暇《ひま》があったら、男の夢に出てきなさい！』って追い出されちゃって……」

そう言えば、さっきそれっぽいことを言っていたような気もする。

「じゃあ、お前やっぱり落ちこぼれなんだ」

「い、いまはそうかもしれませんが？　あなたという練習台を見つけたことで、すぐに一人前のサキュバスになりますから！　……男慣れするために、あなたの力が必要なんです。私が今日ここにきたのはそのためです」

「はあ」

「何ですかその反応は？　ここを突《つ》き止《と》めるのに、こっちはめちゃくちゃ苦労したんですよ？」

夜美はむっとした様子だった。

「そういや、どうやってここを知ったんだよ？　俺の名前も知ってたし」

「さっき、〇イッターのダイレクトメッセージでやりとりしたじゃないですか」

「うん。でも、あのアカウントに俺は、名前も住所も載《の》せてないけど？」

「いえ、あのときヤスは『グッズを全部三つずつ買ってる』って言ったでしょう？　そこでファンサイトの顧客《こきゃく》リストを見て、条件に該当《がいとう》する人の住所を探して回りました。で、五軒目にヒットしたってわけです」

「わけです、じゃねえよ！　てめえ、あのファンサイトには『グッズの送付目的以外に個人情報を使いません』って書いてたろ！」

すると彼女は、懐《ふところ》から見知らぬグッズを取り出し、そっと床《ゆか》に置く。

イラストのついたマグカップだった。

「代金、送料、ともに無料です」

「……頼んでない」

「いらないんですか？」

「いらないとは言ってない！」

謹《つつし》んで取り上げる。

良い出来だった。明日から、朝のコーヒーはこのマグカップで飲もう！

「個人情報保護の問題など、克服《こくふく》するにはあまりに容易《たやす》い。そう……サキュバスならね」

「言っとくけど、俺だから可能だった方法だからな。あと、それサキュバス関係ない」

「サキュバスに不可能はないんですよ」

「嘘《うそ》こけ」

「事情は以上です。私が男に慣れる練習、手伝ってくれますよね？」

夜美はにっこりと笑って言った。

「もちろん断るとも」

「は？　え、嘘《うそ》でしょ……引くわ……な、なぜ……？」

「いや、なんでそんなに驚いてんの？　普通に考えたら断ると思うけど」

「だって私は、ヤスが大ファンを公言してやまない大人気絵師なんですよ！　ヤスがクラスの掲示板《けいじばん》に、私のイラストをプリントアウトして張りまくってるの知ってるんですから！」

「て、適当なことを言うな！　精々《せいぜい》、漫研《まんけん》の部室の掲示板《けいじばん》くらいだ！」

「それは些細《ささい》な違いです！　そんなにファンなのにどうして⁉」

俺は大きく息を吐《は》いた。

「……俺はお前のイラストが好きだ。でも、お前自身はどうでもいい。極端《きょくたん》な話、お前がバラバラになって利《き》き腕《うで》だけの姿になったとしても、その腕がイラストさえ描いてくれていればそれでいい」

「サキュバスにそんな真似《まね》ができるかあ！　このサイコパスの人でなし！」

さっそく、「サキュバスにできないことなどない説」を否定し、夜美は喚《わめ》き散らす。

「淫魔《いんま》に人でなしなんて言われるとはな！　大体お前、俺で練習して男に慣れたら、イラストを描かなくなるんだろうが！　『近々、筆を折るかも』ってそういうことだろ！」

「当たり前でしょう！　あれは私が男に近づけなくて、しょーがなくやってた方法なんですから！」

俺たちがギャーギャーと騒いでいたそのとき、廊下《ろうか》で誰かがドスドスと動く気配がした。

もちろん思い当たる存在など、一人しかいない。

「ちょっと康史！　さっきから何を騒いでるの！」

ドアがドンドンと叩《たた》かれ、怒気《どき》を孕《はら》んだ声が飛ぶ。

おかんが襲来《しゅうらい》したのだ。

「や、やべえ……とりあえず、お前どっかに隠れろ……！」

深夜に女の子と二人きり。

こんな光景を、おかんに見られたら俺は終わりだ！

――せっかく「俺は二次元しか愛さない」と声高《こわだか》に宣言しているというのに、自分の言葉も守れない中途半端野郎《ちゅうとはんぱやろう》と思われてしまう！

「その娘は誰だ！」とか、「人さまの娘を傷物にして！」とか、おかんはそういうことを言うタイプではない。おかんの性格は、十六年息子をやっている俺が一番理解している。

「やっぱり何だかんだ言って、あんたも年頃の男なんだねえ……」と、わかったような目を向けてくるおかんの姿が容易に想像できた俺は、隠蔽《いんぺい》工作に必死になった。

夜美をベッドに押し倒すと、掛布団《かけぶとん》でぐるぐる巻きにする。

そしてノックの続くドアを急いで開け、イライラ顔のおかんに向かって言い放った。

「――悪いな、母さん。俺が三次元の女なんて愛することはない。孫は諦《あきら》めてくれ！」

「はあ？」

「話すことは何もないんだ！　許してくれ！」

「ちょ、ちょっと待ちなさい、康史！」

奇襲攻撃《きしゅうこうげき》ののち、速攻《そっこう》の講和条約。これが力のないものの勝ち筋だ。

しかしドアを閉めようとしている俺の手を、おかんがむんずと摑《つか》んだ。

「い、いつにもまして様子がおかしいけど……あんた寝ぼけてんの？」

「変な夢を見たんだ。うるさくして悪かった」

決め顔でそう言ったところ、ノーモーションの張り手が飛んできた。

「――いったあ！」

「とにかくもう静かにしなさいよ！」

鍵《かぎ》を閉め、熱を帯びた頰《ほお》を押さえてベッドに向かう。

盛り上がった布団はぴくりとも動かない。

こいつ、まさか寝てるんじゃねえだろうな……。

「いい度胸だ。このKY淫魔《いんま》め……あ……？」

布団をどかすと、その下にいた夜美とばっちり目が合った。

顔をますます真っ赤にした彼女は、そこで微動《びどう》だにしない。

「あれ、起きてるじゃん？」

「……こ、この布団……」

「はあ？」

「……ヤスの、匂《にお》いがしますね……」

「そりゃ、俺の布団だからな。ていうか、俺ってそんな特徴《とくちょう》的な匂《にお》いする？」

何かショックだった。別に汚《きたな》らしい格好をしているつもりはないんだけど。

風呂《ふろ》だってちゃんと毎日入っているし、部屋だってきちんと掃除《そうじ》している。グッズに埃《ほこり》がつくの嫌だし。

「い、いえ、その……決して悪い匂《にお》いというわけではなくてですね……」

「そう？ それならよかったけど」

「お、おとこのひと……の匂《にお》いです……」

言いながら、夜美は息も絶え絶えといった様子で立ち上がり、よろよろと窓に近づいていく。

「はあ……はあ……う、うぅんっ……」

妙《みょう》な声を出し、もどかしそうな赤面顔で小刻みに震《ふる》えながら……。

「おい、大丈夫か？ なんかお前、発情した猫みたいになってるぞ」

「は、発情なんてしていません……失礼な……」

「『みたい』って言っただろ。いまのどこに発情する要素があったよ？」

「も、もう今日は帰ります……こ、こんな辱《はずかし》めをいきなり受けるなんて……ヤスは意外と強引《ごういん》なんですね……ベッドに押し倒したりして……」

何言ってんだ、こいつ。

「わ、私は……諦《あきら》めませんからね……く……くっくっく、ではまた会いましょう、ヤス」

夜美は半泣きの目で俺を睨《にら》むと、窓ガラスに頭をガンとぶつけてうずくまり——数秒後、何事もなかったかのようにすっくと立ち上がり——無言でガラガラと窓を開けた。

「今度はあなたが吠《ほ》え面《づら》をかく番です……では、おやすみなさい……いい夢を」

「二度と来るなよ。あ、でも絵は毎日ちゃんとアップしてくれ」

俺の言葉を無視し、夜美は窓から夜の闇《やみ》に身を投げ出した。

マントとスカートが大きくはためき、彼女は空高く上昇《じょうしょう》していく。

ピンク色のパンツが丸見えだった。

「こういうの見る限り、あいつ、本当にサキュバスなんだなあ……」

何だか急にその実感が湧《わ》いてきたけれども、俺は特に気にせずベッドにもぐり込んだ。

夢の中にまたあの変な少女が出てくるかもしれない。一瞬身構えたものの、特にそういうこともなく、俺は翌日爽《さわ》やかな朝を迎《むか》えたのだった。

5

変なサキュバスが現れてから、一週間ほどが過ぎた。

あの出来事自体が夢ではないかと思ったりもしたけれど、夜美が俺の部屋に残して行ったマグカップはあるので、そういうわけでもないらしい。

俺はそれよりも、あの夜以降、あいつがネットにイラストをアップしなくなったことに対して気を揉《も》んでいた。

彼女のSNSも、例の『断筆宣言』から新しい呟《つぶや》きがない。

ファンたちは彼女のアカウントに心配するリプを飛ばしていたものの、彼女から特定の誰かに返信がきている様子もない。

「ヤスくんの好きなレイターさん、活動休止しちゃったみたいだね……」

朝礼が始まる前の教室で俺にそう話しかけてくるのは、白波蛍《しらなみほたる》というクラスメートだった。

柔和《にゅうわ》な顔つきでいつものほほんとしている、ゆるふわパーマの脱力系女子。

一年前の高校入学時点から、俺と彼女は同じ漫研《まんけん》に所属していて、ある程度お互《たが》いの人となりや偏《かたよ》った趣味のことも話し合っている気が置けない友人同士だった。

「……俺も今朝、まとめサイトでその記事見たよ」

蛍に答えて言いながら、スマホを取り出してネットにつなぐと、

『【悲報】人気〇イッター絵師さん、断筆宣言のあと失踪《しっそう》ｗｗｗｗｗｗ』

という記事を見つけることができた。

冷《ひ》や汗《あせ》をかく。

俺のせい？　これってやっぱり俺のせいなの？

「……いやあ、ヨミさんに何かあったのかなあ。不思議だなあ……」

「確か同人誌頒布会《はんぷかい》の日からだよね？　その日に何かあったのかも」

蛍はたまに鋭《するど》い。

「ヤスくんって確か、そのイベント行ってたよね？　ヨミさんってどんな人だったの？」

「変なやつだった」

「変な？」

「とにかく変なやつだった。これ以上は話せない」

「まさか、ヤスくんが何かやったとかじゃないよね？　無許可でグッズ作って行ったり、騒ぎを起こしたり……」

こいつ、あの場にいたんじゃねえだろうな。頭のおかしいサキュバスなんかよりも、よっぽど怖いんですけど。

「ヤスくんってたまに暴走するからねえ。憧《あこが》れの人に会えて、舞《ま》い上《あ》がっちゃったんじゃないかなあって心配したんだよ」

「憧《あこが》れて（笑）……俺はあいつのイラストが好きなだけであって、その人格まで肯定《こうてい》する気はない。何があってもだ！」

「作品と作者は別ってやつ？」

「そうさ！　確かにイラストはすばらしい！　でも俺が思うに、あいつの人格はきっと最悪だ……わかっちまったんだよ、こう、一目見ただけでさ……」

「サイン貰《もら》う！　とか意気込《いきご》んでなかった？」

「そう――それだ！　俺はサイン貰《もら》えなかったんだよ！　色紙も用意してたし、新刊を三冊も買ったのにだぞ！　ここからでも、あいつのクズっぷりが透《す》けて見えるというもの！」

俺は、夜美をこき下ろすのに必死になっていた。

俺がサインを貰《もら》えなかったのは、冷静に考えると周囲を煽《あお》った自分自身のせいだったが、この際そんなことはどうでもいい。

全ての責任をあいつに押しつけ、自己正当化をはかることによって、精神の安定を保とうという狙《ねら》いだ。

「……大体、身勝手だと思わないか？　ファンは応援《おうえん》してくれてるのに、いきなり筆を折るなんてさあ」

「でも行き過ぎたファンに、怒るクリエイターさんもいるって話だからねえ……」

「そのとおりだよな。打たれ弱いやつは最初から創作活動なんてするべきじゃないよな……」

「何がそのとおり？　真逆のこと言ってるよね？」

「蛍、信じてくれ。俺は何もやってない」

「それ、何かやった人の台詞《せりふ》だよ。少なくとも、いまの唐突《とうとつ》なタイミングは」

蛍は、いかにも呆《あき》れたという表情をしている。

「色んなことが……あった」

俺は顔を両手で押さえ、観念したように切り出した。刑事《けいじ》ドラマでいう、ラスト十分くらいの犯人のノリだ。

「あ、内容は別に話さなくてもいいよ」

「あいつがいきなり俺の家に――て、ええええ⁉」

「わ、びっくりするじゃない、何？」

「こっちの台詞《せりふ》だろ！　完全に俺、話す流れだったじゃん！　お前、聞く流れだったじゃん！」

「だって、もう朝礼始まっちゃうし」

そう言われて前を見ると、担任を務める体育教師が教室にやってきているのがわかった。

「……あれ、転校生かな？　こんな時期に珍《めずら》しいね」

そして、体育教師のたくましい身体《からだ》から大きく距離を取り、あからさまにビクビクした態度で、教壇《きょうだん》の端《はし》に立つ少女の姿があった。

俺はそいつを見て、思わず目を剝《む》いた。

「転校生だ。今日から君たちの仲間になる。はい、天谷《あまがい》さん、自己紹介して」

「あ、天谷夜美です……絵を描くのが得意です……」

そこに立っていたのは、一週間前の夜、俺の部屋に現れたサキュバス少女だった。

「——な、なんでだよお前ぇ！　なんでここにいる⁉」

俺は我を忘れて立ち上がり、その女にビシリと指を突《つ》きつけた。

すると夜美はこれ以上ないというくらい顔を赤らめたまま、ニヤリと口《くち》の端《はし》を上げた。

ドヤ顔である。

しかし羞恥心《しゅうちしん》のせいか、あるいは緊張《きんちょう》のせいか、彼女の頬《ほお》はぴくぴくと痙攣《けいれん》している。

「お、どうした？　津雲は天谷さんと知り合いなのか？」

「や、ヤスとは、知り合いなんてものじゃありませんよ、先生！」

そして夜美は、大股《おおまた》で五歩以上は離れた体育教師に向け、居丈高《いたけだか》に言い放った。

「私と、ヤスは——恋人同士なんですから！」

瞬間、教室が揺れたような感じがした。

のちのちになって聞くと、大きなどよめきが起こったらしい。

まあ、それは当然だろう。見るからに頭のおかしい女が、いきなり頭のおかしいことを言ったのだから。

とはいえ、そのとき真っ白になっていた俺には、周囲の音がまったく聞こえなかった。

……というよりも、何も聞きたくなかったのだと思う。

第二章　駄目サキュバスと妄想デートプラン

1

「お前、どういうつもりだよ……？」

一限目が終わり、俺は廊下《ろうか》に連れ出した馬鹿サキュバスに歯ぎしりしながら詰《つ》め寄《よ》った。

「ステイ、ステイ……それ以上の接近はお互《たが》いのためになりませんよ？」

夜美《よみ》は真っ赤なドヤ顔という妙《みょう》な表情ジャンルを生み出しつつ、両手を前につき出して壁《かべ》を作る。

「余裕があんのかねえのか、はっきりしろよ！」

「ふっふ、いま全ての主導権は私が握っています。それ以上近づいたらショック死して、ヤスが悪者扱いされるかもしれませんねえ……」

それってどうなの？　自分の生命を人質《ひとじち》にして交渉するって……。

「いいから説明をしろ、説明を！　なんでここにいる！」

「私は諦《あきら》めない、と言ったじゃないですか」

「いや、言ってたけど」

「あなたに近づくためなら、学校に入学することなんてわけはありません。あまりサキュバスの組織力を甘く見ないことですね。サキュバスの牙は、現代社会に深く食い込んでいます。それはもう——マンモスばりの長い牙がね！」

だから、なんで絶滅《ぜつめつ》した動物でたとえようとするんだよ。いまいちすごさが伝わってこないんだって。

「なんで俺の通ってる学校がわかったとか……そういうのはもういいか」

「あ、わかってくれました？」

「でも、さっきのはなんなんだよ？　なあにが恋人同士だ！」

「そ、それは、だから、ヤスが逃げられないように、するようにですよ！」

ますます顔を真っ赤にすると、夜美はめちゃくちゃどもりながら居直った。

「これでもう、周りは私たちがつき合ってるアベックだと思います……そう、既成事実《きせいじじつ》！　既成事実です！」

「アベックて。せめてカップルとか言えないのか」

そんな死語を現代社会で使おうとするんじゃねえ。それもほぼ絶滅《ぜつめつ》してるからな。

「恋人は恋人！　言い方なんてどうでもいいんです！　これでヤスは私のそばにいて、私が男性恐怖症を克服《こくふく》するのを手伝わざるを得なくなったわけです……」

「いや、やらねえよ。そんなこと」

「まったく、自分の頭脳が恐ろしい……って、え？」

目を白黒させる夜美。

「いま、なんて……？　やらないって聞こえたんですけど……」

「そりゃ、そう言ったからな」

「どういう神経してるんですか……？　え、ちょ……引くわ……」

「こっちはてめえの神経を疑ってるとこだ！」

「ひょっとして……まさかですけど……もう恋人がいるとかですか？」

「当たり前だろ」

俺が言うと、夜美はショックを受けたようだった。

「う、嘘《うそ》を吐《つ》けえ！　お前のような遺伝的欠陥生物《いでんてきけっかんせいぶつ》に恋人がいるわけなかろうもん！」

「失礼なことを言うな！」

「どうせ二次元キャラとかだあ！」

「そうだよ？　サバトたそ可愛《かわ》いすぎ問題」

夜美は強烈《きょうれつ》なパンチを貰《もら》ったかのようによろめいた。何とか体勢を立て直したとき、彼女は無の表情を浮《う》かべていた。目を瞑《つぶ》って胸に手を当て、ぶつぶつと……、

「私は優しくなれる……私は優しくなれる……」

「何を言ってんだよ。とにかくクラスのみんなに誤解されたままじゃ敵《かな》わん。ちゃんと説明しておかないと」

「わあ、待ってください！　別にいいじゃないですか、三次元の恋人が一人や二人増えても、男の甲斐性《かいしょう》というものでしょう！」

それ、女側が言う台詞《せりふ》じゃなくね……？

「とにかく、悪いけど他をあたってくれ。俺は三次元にかかわっているほど暇《ひま》じゃないんで」

「私はヤスじゃないと駄目なんですよお！　誰も本当の恋人になってなんて言ってません！　そういう練習をするためのシチュエーションってだけですから！」

「知らなーい。俺、関係なーい」

「わ、私を傷物にしたくせに！　ベッドに押し倒して！」

夜美が叫ぶと、廊下《ろうか》を歩いている他の生徒が、ビクッと震《ふる》えて俺たちの方を見た。

それで、ぶわりと総毛《そうけ》立《だ》つ。

「……お、おい、誤解を招くようなことを言うな！　大体、あれはお前が勝手に部屋に入り込んできたんじゃねえか！」

「部屋にいたらベッドに連れ込んでいいんですか!?　自分の匂《にお》いでマーキングしてもいいんですか!?　私は汚《けが》されました！　もうお嫁《よめ》に行けませんよ！」

「わ、わかった！　わかったから、もうちょっと声を抑《おさ》えろ……！」

周りの目を気にして、夜美の口を押さえようとすると、

「──触るなあ！　男風情《おとこふぜい》があ！」

男性恐怖症のサキュバスは猛獣《もうじゅう》のような勢いで暴れ、俺から距離を取る。

お前はいったいどうしたいんだよ、マジで……。

何を言い出すかわからない頭のおかしい女を前にして、俺が戸惑《とまど》っていると。

「……もちろん、ヤス。あなたにもメリットはありますから」

顔を真っ赤にした夜美は、コホンとせき払いしたのち、あからさまな冷静さを装《よそお》ってそんなことを言い出す。

「……メリット？」

「この一週間、私はイラストをネットにアップしませんでしたよね？」

その言葉を聞いて、途端《とたん》に俺は青ざめた。

「う、うぅ……!!」

攻守《こうしゅ》交代と言わんばかりのドヤ顔になると、夜美は後ろで手を組んで、ゆっくりと俺の周りを回り出す。

「……『【悲報】人気○イッター絵師さん、断筆宣言のあと失踪《しっそう》ｗｗｗｗｗ』……ひどい記事を作るまとめサイトがあったものです……」

「だ、誰も本気にしていない……コメ欄《らん》を見ろ……ヨミはすぐ復帰するって……」

「私はこのまま正式に引退してもいいんですよ？」

「ちょ、ちょっと待ってくれ！」

「……しかしこの一週間、私もイラストを描いていなかったわけではありません。描き溜《た》めていただけです」

「ふざけるなよ、貴様！　さっさとアップしろ！」

「あれ、そんな態度でいいんですかね？」

夜美はピタリと立ち止まり、俺の顔をまじまじと見上げた。

「……サバトたそのぐちょ濡《ぬ》れイラストも、スケアクロウちゃんのお色気イラストも、さらにはあなたの部屋で考案した新キャラのお披露目《ひろめ》イラストも、日の目を浴びずに消去されることだってあるわけです。かわいそうに、彼女たちはデータに過ぎない……」

「くそっ……三次元の肉塊風情《にくかいふぜい》が……」

「何か言いましたか、ヤス？」

俺は直立不動の姿勢を取り、声高《こわだか》に叫んだ。

「いえ、何も言っていません！」

「くっくっく……ここまで説明すれば、あなたが取るべき行動はわかりますね？」

「この悪魔め……‼」

「むはは！　そう、私は悪魔なのです！」

淫魔《いんま》は勝《か》ち誇《ほこ》った顔でそう言うと――しかし、すぐにまた真っ赤になる。

「じゃ、じゃあ、いいですね？　はい、もう決まりました……私は今日からあなたの恋人ですから……でも、もちろん、本気じゃありませんからね？　そういうふりをするんです……そうやって男の人に慣れるんですから……」

「慣れるだけだったら、別に恋人役じゃなくてもいいだろ……」

「大は小を兼《か》ねるんです！　い、一番、刺激の強いのを経験した方が、絶対いいに決まってます！」

夜美は必死な様子で言《い》い募《つの》ってくる。

「理屈《りくつ》はわからないでもないけど……恋人かあ……。あ、だったらさ、『イラスト描いてよ、ハニー』って言ったらその場で描いてくれるわけ？」

「描きますとも。私はヤスのハニーなわけですから」

ああ、それだったらいいかもしれない。こいつは、イラストのおまけ程度に考えればいいわけだ。グリコの玩具《おもちゃ》。パック寿司《すし》のガリ。

「あとこの一週間描き溜《た》めていたイラストも、全部見せてあげますよ。恋人に隠し事はなしですからね。先ほどメリットと言ったのはこのことです。すごいっしょ？」

「なるほど。ドヤ顔は果てしなくウザいけど、なるほど」

ただ、ねえ？

恋人役とか言われても、俺自身女の子とつき合った経験はない。せいぜい、ギャルゲやソシャゲでのシミュレーションくらいだ。そんな俺に、こいつが満足するような恋人役など務まるだろうか？

やはり俺が、うーんと悩んでいるそのとき。

「あ、夜美！　もう目当ての子と接触してるのね！」

どこかで聞いたことがあるような声が、背後から響《ひび》いた。

2

見ると、先日の同人誌《どうじんし》頒布会《はんぷかい》で見たあのコスプレ女が、高校の制服姿でそこに立っていた。

金髪碧眼《きんぱつへきがん》。無駄にでかい胸に、きゅっと引き締まったウエスト、すらりとした長い脚《あし》。

確か夜美はこの前俺の部屋に現れたとき、こいつもサキュバスだとかなんとか言ってたと思うが……。

「あ、これはリリィです、ヤス」

訝《いぶか》しげな俺をフォローするように、夜美が言う。

すると、紹介されたリリィは不満そうに唇《くちびる》を尖《とが》らせた。

「随分《ずいぶん》ぞんざいな説明じゃない、それ……？」

「では、日比月《ひびつき》リリィです。私と同じく、今日この学校に転校してきました。サキュバス組織のあらゆる権力を利用しても、同じクラスにすることはできませんでしたが」

あれ、意外とサキュバスの組織力って大したことないんじゃね？

とはいえ、とにかく。

「……確か、こいつもサキュバスってことでいいんだよな？」

夜美に代わってその質問に答えたのは、リリィ本人だった。

「そうよ。夜美がこの学校に転校したいって言うから、私もせっかくだしね？　ここ、制服可愛《かわ》いし」

そう言って、リリィはその場でくるりと回った。

スカートがふわりと舞《ま》い、廊下《ろうか》を歩く男たちが一斉《いっせい》に足を止めて呆《ほう》けた顔になる。

そういえば、頒布会《はんぷかい》でも彼女の周りには男が群がっていた。なるほど、これが……。

「ふ、これがサキュバスの力ですよ、ヤス」

なぜか、ドヤ顔でそう言うのは夜美。

「こういうのって、お前にもできるわけ？」

「もちろん、できますとも！　……あ……でも、やりませんから……え、えっちな気持ちを向けられたくないですからね……」

ドヤ顔のまま、夜美は真っ赤になった。なんなん、こいつ？　照れるくらいなら、会話の主導権を握ろうとしなきゃいいやん？

俺が改めてリリィの方に目を向けると、彼女はにっこりと笑って手を差し出してきた。

「この間の頒布会《はんぷかい》でも会ったわよね？　夜美から話は聞いてるわ。これからよろしくね、ヤス」

「かあっ！」

と、いきなり夜美がリリィの手を叩《たた》き落《お》とす。

「な、何するのよ、夜美！」

「誰にでも色目を使おうとするんじゃないのです！　ヤスは、わ、私の彼氏なんですから！」

「色目なんて使ってないじゃない。普通に挨拶《あいさつ》しただけでしょ？」

「うるさい、うるさい！　ふ、ふふん、でも残念でしたね？　ヤスにはあなたの誘惑《ゆうわく》なんて効きませんから……」

夜美は自信満々なドヤ顔で、俺の方をちら見した。

「この異常者を発情させられるのは、私のイラストだけです！」

「はあ？　あんた、いつか自分にも夢中にさせてやるって、昨日息巻いて――」

「わあ、この女は悪魔です！　言うことを信じてはいけませんよ、ヤス！」

あわあわと顔を真っ赤にして、夜美はリリィの口を塞《ふさ》いだ。

「いや、お前も悪魔だろ？　さっき自分で言ってたじゃねえか」

「そうですけど、リリィと私では悪魔的レベルが違いますから！　月とすっぽんです！　またはエリートと雑草！」

自分で言うかね、それ？　しかも、どっちがエリートでどっちが雑草か、一瞬で判別つくところが悲しすぎる……。

「まあ、いいや。近くに三次元の肉塊《にくかい》が一人増えたところで、大勢《たいせい》に影響はない」

「あんた、ほんといい性格してるわね……」

そう嘆息《たんそく》して、ジト目を向けてくるリリィ。

「一つ確認しておきたいんだけど、いいか？」

「なに？」

「夜美のサークルの一員と言っていたが、お前はイラスト描けないんだよな？」

「ペイントツールをひととおり使うくらいならできるわ。夜美の手伝いをしてて、勝手に覚えちゃっただけだけど」

「夜美が描いたイラストに、お前の影響はどれくらいある？」

「それって、サキュバスとしてってこと？」

「違う。イラストのクオリティの話」

リリィは肩をすくめた。

「それはノータッチよ。夜美が同人漫画を描くってなったときにベタを塗《ぬ》ったり、トーンを張ったりするのが私の担当」

「そいつはよかった。おい、夜美。つまりこいつは別に、俺にどうこう要求してくることはないってことだよな？」

「もちろん。その女の要求は、全て突《つ》っぱねていただいて結構です」

「あんたらね……」

リリィは頭を押さえ、呻《うめ》くように言った。

「……まあ、いいわ。ひとまず仲良くできてるみたいだし。ヤス、夜美のこと、くれぐれも頼んだからね？」

「気は乗らないけど」

「……くれぐれも頼んだわよ」

一瞬、リリィの目が据《す》わったように感じて、ぞくりと寒気を覚えた。しかし次の瞬間には、彼女はにこにこと微笑《ほほえ》んでいた。

「……なあ、お前たちってどういう関係なの？」

「俗《ぞく》にいう幼馴染《おさななじみ》というやつですね。別名、腐《くさ》れ縁《えん》」

「一番の友だちよね」

リリィがそう言うと、夜美は照《て》れ臭《くさ》そうに顔を赤くする。

「は、恥ずかしいことを言いますね。ま、そう言ってあげてもいいかもしれませんが……リリィが、私の優れた才能を見抜いている数少ないサキュバスであることは確かですし……？」

「夜美は昔からあぶなっかしいのよ。誰かが見ていてあげなきゃ」

「そんなに心配されるほど私も落ちぶれていませんよ！　まあ、見ていてください！　すぐに男を克服《こくふく》してみせますから！」

「そう？　頑張ってね、夜美」

そう言って夜美を見つめるリリィの瞳は、慈愛《じあい》に満《み》ち溢《あふ》れているように見えた。

――が、同時に何か違和感《いわかん》を覚えた。その正体が何なのかはわからないが……。

「じゃあ、さっそくだけどいい？」

俺が釈然《しゃくぜん》としないうちに、リリィが話を切り出す。

「今日の放課後は、二人でどこかに行くのかしら？」

「行くわけないだろ」

「カフェにお茶しに行きます。ま、初日ですからね」

意見の不一致《ふいっち》があり、俺と夜美は睨《にら》み合《あ》った。

「お昼は一緒に食べるんでしょ？」

「いや、いつも友だちと食べてるし」

「今日からは私とですね。当然、恋人同士ですから」

「――あのさあ、お嬢《じょう》ちゃん？」

俺はチンピラ風のテンションで夜美に牙を剝《む》いた。

「俺って、あんまり拘束《こうそく》とかされたくないわけ？　ギャルゲとかソシャゲくらいでしか女の子とは接してないから、そういう価値観しかないわけ？　つまりは選択肢《せんたくし》をこっちに委《ゆだ》ねて欲《ほ》しいわけ？」

「なに情けない台詞《せりふ》を得意そうに言ってるんです。それは都合のいい二次元キャラとの恋愛《れんあい》でしょう」

「それで満足してるんだよ、こっちはあ！」

「はあああ、情けな！　はあああ！」

夜美は特大の溜息《ためいき》とともに、俺に侮蔑《ぶべつ》的な目を向けてくる。

「お前、二次元キャラはこっちの都合を一切《いっさい》乱してこねえからな！　『きちゃった♥』とか言わないし！　いや仮に言っても、それはソシャゲのガチャから出てきたときくらいだろうだから、むしろウェルカムだし！」

「ええい、黙れ、黙れ！　こんな男しか見つけられなかったのかと、こっちが恥ずかしくなってくる！」

「お前は恥ずかしいやつなんだよ！　自覚しろ！」

「ヤスにだけは言われたくないですよ！　リリィ、タブレット！」

「はい」

どこから取り出したのか、リリィが液晶《えきしょう》タブレットを夜美に渡す。薄型《うすがた》のいいやつだ。

夜美は制服のポケットからタッチペンを取り出し、さらさらとそこに何かを描き始めた。

「あなたがどれだけもったいない機会を損失しようとしているか、私が説明してあげます！

——二次イラストでね！」

「二次イラストで？」

「翻訳行為《ほんやくこうい》です！　二次元語しか話せない二次元星人に、こちらの話を理解してもらうにはこれしかないでしょう！」

「お前がまず日本語をしゃべれ」

「はい、もうできました！」

タブレットを覗《のぞ》き込《こ》むと、見目麗《みめうるわ》しい美少年美少女が楽しそうに寄《よ》り添《そ》っている絵のラフが描かれている。美少女が箸《はし》でつまんだ何かを、美少年が口を開いて迎《むか》え入《い》れようとしていた。

「ほら、恋人たちのお弁当風景と言えばこれです！　あーん、口を開けて……ぱくっ……美味《おい》しいな、君の料理は最高だぜ……ふ……ふっふっふ……」

「いいじゃん！　すごくいいじゃん！　微笑《ほほえ》ましいじゃん！」

俺は夜美の手からタブレットをひったくると、おもむろに画面をスクリーンショットで保存した。

「……これでよし」

「……何してるんです？」

「種の保存だ」

放っておくと、何かはすぐ絶滅《ぜつめつ》する。

「あとはこれをメールに添付《てんぷ》して、俺のアドレスに送るだけだな……」

「そんなことより、このシチュエーションの素晴らしさがわかりましたよね？」

夜美は俺の手からタブレットを奪《うば》い返《かえ》した。それから、おずおずと、

「……お弁当、一緒に食べますよね？　あ、でも……あーんとかはしませんからね！　初日からそんなことできないし……こ、この絵はあくまでイメージですから！」

「いや、盛り上がってるとこ悪いけど、一緒に食べないから。その絵は確かにすばらしい。でも、リアルと二次元を一緒にするもんじゃない」

夜美はきゅっと眉《まゆ》を吊《つ》り上《あ》げた――が、すぐに余裕のある表情に戻る。

「……そうだ、こうしましょう。この絵はいまラフ状態ですが、お昼までに色塗《いろぬ》りまで完成させておきます。一緒にお弁当を食べたら、そのあとヤスのアドレスに添付《てんぷ》して送る、と」

「おい、卑怯《ひきょう》だぞ！」

「むはは、卑怯《ひきょう》は悪魔の褒《ほ》め言葉！　……しかし私とて、そこまで血も涙もないわけではありません。イラストの細部に要望があれば、受けつけてあげますよ？」

「──あ、じゃあ、こっちの男消して女の子にしてくれる？　で、食べさせてるのは白い棒状のアイスに変更して、溶けて垂れた白い液体が二人の胸元にかかってんの。食べさせてる方は嗜虐的《しぎやくてき》な表情で、食べさせられてる方は嫌々食べてる感じ。で、どっちも水着ね」

「それ、もう完全描き下ろしの新規イラストじゃないですか……」

夜美はそう言って眉間《みけん》を押さえていたが、しばらくして、ふっと吹っ切れた表情になる。

「──やってやろうじゃねえかあ！」

「よし、じゃあ昼休みまでに頼む」

「……あんたたち、本当に大丈夫なの？」

リリィが何か言ったものの、俺は敢《あ》えて無視することにした。

3

それから、俺と夜美の偽装恋愛《ぎそうれんあい》的な関係がスタートした。

クラスメートたちからの煩《わずら》わしい目は、意外とすんなり解決することができた。というのも、俺の鉄のハートには、すでになかなかの定評があったから。

「てめえには幻滅《げんめつ》したぜ、ヤス……いつもてめえが、蛍《ほたる》ちゃんみたいな可愛《かわい》い子と一緒にいるだけで、俺たちはぐらぐらと煮《に》え立《た》ってたってのに……」

「あいつとは同じ部活ってだけだろ」

「黙れ！　それが今度は何だ⁉　夜美ちゃんとは完全につき合ってるじゃねえか！　とんだ裏切り行為だぜ。二次元にしか興味がないとか言ってたくせに、あんなに可愛《かわい》い子と……」

詰《つ》め寄《よ》ってくるクラスメートを、俺はやんわりと手で制止した。

「……狼狽《うろた》えるな。やつはいい絵を描く。それだけだ」

「はあ？」

「人間は家畜《かちく》を育てて、肉にして出荷《しゅっか》する。そのために家畜《かちく》と一緒にいる。違うか？」

「どういう意味だよ？」

「つまり夜美は、俺にいいイラストを提供する家畜《かちく》に過ぎない」

「夜美ちゃんがかわいそうだよお……不憫《ふびん》だよお……」

途端《とたん》に手の平を返すと、そのクラスメートは夜美に同情的になった。

「なんであんな子が、こんな二次萌《も》えクソ野郎とつき合おうと思ったんだよお……」

「いや、お前たちはあいつの本性《ほんしょう》を知らないからそんなことが言えるんだ」

「なんか可愛《かわい》い子ほど駄目な人間に夢中になるよな。ほっとけないのかな」

「まず、あいつは可愛《かわい》くないからな」

俺が言うと、そのクラスメートはおかんを彷彿《ほうふつ》とさせるノーモーションの張り手を見舞《みま》ってきた。

「――いったあ！」

「夜美ちゃんを泣かせたら殺す！　あんな奥《おく》ゆかしい子、いまのJKでいるかよ！」

あいつって、こいつらにはそんなによく見えるわけ？　それこそ、妙《みょう》な催淫《さいいん》でもされてるんじゃねえの……？

俺には、そのクラスメートがとんでもない誤解をしているように思えた。

夜美は他のやつの前では、真っ赤になって小さくなっているだけ。だから、みんな夜美の本当の顔を知らず、俺があいつをいいように扱っているだけだと思い込んでいる。

しかし事実はまったくの逆。夜美は卑劣《ひれつ》にも二次イラストを餌《えさ》にしてくるため、俺の方こそ彼女に逆らえずにいた。

毎朝公園で待ち合わせて、一緒に登校する。お昼も一緒に食べる。

放課後は、俺が所属している漫研《まんけん》の部活があるときを除いて、また一緒に下校する。

こんなことをしていて意味があるのかと悲しくなったが、もっと悲しいのは夜美に一向の進歩が見られないことだった。

相変わらず彼女は男を怖がっているし、もっと言うと、練習台に過ぎない俺の手を触ることさえできない。

何度か「手を繋《つな》ぐから目を瞑《つぶ》ってください」と言われたことがあるものの、結局何も起こらないまま時間が経過して、目を開けてみると真っ赤になって固まる夜美がそこにいる、というのがいつものパターンだった。

「俺から握るのは駄目なのか？」

いい加減、埒《らち》が明かないと思い始めていた俺は、またいつもどおり夜実と一緒に駅まで下校している際、そう提案してみた。

「に、握るって、ヤスが私の手をですか……？」

「他に誰が誰の手を握るってんだよ」

「そんなに私の手を握りたいんですか……？」

「あのねえ、君ィ……」

俺は高圧的なパワハラ上司よろしく、夜美を睥睨《へいげい》した。

「俺は練習台なわけ。練習してもらうのが仕事なわけよ。お前、仕事でやってるキャバ嬢《じょう》が、握りたくておっさん客の手を握ってると思ってんのか？」

「自分の役割を水商売にたとえるなんて……ヤスはただれてますね」

「……くそっ……たとえを変えよう。俺はお前にとっての跳び箱なわけ。で、こっちからお前の股《また》の下をくぐってやるって言ってるんだ」

「ま、股《また》の下をくぐるって……」

「だあああ！　やりにくいなあああ！」

顔を赤くして制服のスカートを押さえる夜美を見て、俺は頭をかきむしった。

「まあまあ、ヤス。落ち着いてくださいよ」

「どの口が言うんだよ……」

「今日は秘密兵器がありますから。これを使えば、は、肌を触れ合わせなくても、すぐに親密になれちゃいますから」

「別に親密になりたいわけじゃないだろ？」

「いいから、ここはひとまず私に任せてください。大船に乗ったつもりでね」

そう言う夜美は相変わらずのドヤ顔だったが、すでにその信用度はゼロだ。

俺は怪訝《けげん》に思って、彼女の顔をまじまじと眺めた。

「泥船《どろぶね》の間違いだろ……とかいう定番の返しをしたいところなんだけど、まだ海原《うなばら》に漕《こ》ぎ出してない感すらあるからなあ」

「航海しなければ、船は沈みません。不沈艦《ふちんかん》というわけですね！」

「それはもう船じゃねえんだよ！」

「さあ、ヤス。ここに入りましょう」

俺の突っ込みを華麗《かれい》にスルーし、夜美は道の脇にあるおしゃれなカフェを指差している。

「実は、登下校中にいいなと思っていたんです。私たち、お茶しに行くのはいつも駅前のチェーン店じゃないですか？　でもそれ、流石《さすが》にもう飽《あ》きましたよね？」

「どうでもいいけど、わりと玄人《くろうと》感だすよな、お前。何も始まってないくせに……」

渋々《しぶしぶ》店に入ると、店員が「いらっしゃいませ。お好きなところにおかけくださーい」と声をかけてくる。

夜美はきょろきょろと周りを見回してから、一番窓から離れた奥の席に陣取《じんど》った。

「トロピカルミックスジュースを二つ」

近づいてきた店員にブイサインをしながらそう言うと、夜美はカバンをごそごそやって、中からA４用紙の束を取り出す。

「なあ、俺はコーヒーがよかったんだけど」

「コーヒーは、毎朝私のあげたマグカップで飲んでるんだからいいじゃないですか」

「……なんで知ってるんだよ」

「ヤスのことは何だって知ってますとも。か、彼女ですからね……」

目を逸《そ》らして自信なさげに言う台詞《せりふ》じゃないけどね、それ。

夜美は誤魔化《ごまか》すようにコホンと咳払《せきばら》いしてから、A４用紙の束をテーブルに置き、すっとこちらに寄せてきた。

「……あなたの意見はこっちで聞きます。はい、これに目を通してください」

「なにこれ？　イラスト集？」

「いえ、企画書です」

「企画書お？　何の？」

「週末デートの」

ふと視線を上げた俺の目の前にあるのは、頭のおかしい少女の大真面目な表情だった。

「今度の週末を使って初デートを行います。絶対に成功させましょう」

「ええ……」

「何を引いてるんですか。デートですよ?」

「いや、初耳ですけど」

「そりゃあ、初めて言いましたからね」

夜美は自信満々な様子で胸を張る。

「デートには念入りな準備が必要です。それはもう、『……え、もはやこれやらなくてもいいんじゃね……?』って思えるくらい綿密な計画がね」

「じゃあ今日めっちゃ頑張るから、当日はやらない方向でお願いできる?」

「大丈夫です。絶対、計画通りになんていきませんから! 当日は当日で、その不測の事態を楽しめます!」

何が大丈夫なのかわからなかったけれども、とにかくこいつの頭が大丈夫でないことだけはわかった。

「じゃあいまから、思い通りにならないとわかってる計画を練ろうってわけか……」

「確実な成果を得られないとやる気になれないという、現代人の悪いところが出てますねえ。

そういった態度が社会を停滞《ていたい》させるんですよ？」

「わかったような口を利《き》くんじゃない！」

「おまたせいたしました。トロピカルミックスジュースでございまーす」

そのとき店員さんが、テーブルにグラスを二つ持ってくる。

そのトロピカルなんとかは結構なボリュームだった。白黄色のどろりとしたやつだ。

「よし」

と言うと、夜美は企画書をひとまずテーブルの脇によけ、グラスを二つとも自分側に寄せる。

「え？　どっちもお前が飲むの？　じゃあ俺、他のやつ注文していい？」

「いえ、ヤスにもちゃんとこれを飲んでもらいます」

カバンをごそごそやり、夜美はその中からビニールに包まれた何かを取り出す。

それは、先が二股《ふたまた》にわかれたストローだった。映画とか漫画とかで、カップルが一つの飲み物に差して一緒に飲んでいるあれ。

夜美は無表情のまま二股《ふたまた》ストローからビニールを剝《は》ぎ取《と》ると、トロピカルミックスジュースの生え抜きストローを放出し、代わりにそれを投入した。

「お、おい、お前まさか……」

「くっくっく……これこそが今日用意した秘密兵器……触れ合うことなく、それ以上に心理的距離を詰《つ》められる必殺アイテムです！　人呼んで『ラブラブストロー』！」

「やらねえぞ⁉　俺は絶対、こんな恥ずかしいことやらねえからな⁉」

「安心してください！　ジュースは二つあります！」

夜美は両の手を二つのグラスに添《そ》え、ドヤ顔を浮《う》かべた。

「――恥ずかしさを恥ずかしさで上塗《うわぬ》りしていくスタイル！」

「ふっざけんじゃねえ！　てめえ、二回もさせる気か！」

恥ずかしさは単純な足し算であって、二つ目で一つ目を隠せたりしない。

しかし夜美はすでにテーブルに身を乗り出し、二股《ふたまた》ストローの片一方を咥《くわ》えていた。

「ほらほら、これって一人だけでやっても飲めない仕様らしいんですよ。ヤスがもう片方を吸ってくれないと」

「言っとくけど、これ手を繋《つな》ぐよりも普通に恥ずかしい行為だからな……？」

「め、目を瞑《つぶ》りますから大丈夫……」

言いながら、ぎゅっと目を瞑《つぶ》る夜美。

目を閉じて唇《くちびる》をすぼめる夜美は、何だかキスをせがんでいるようにも見える。

恥ずかしさをこらえているせいか、ずっと彼女の唇《くちびる》はぷるぷると震《ふる》えていた。そこばかり見ていると妙《みょう》な居づらさを感じてしまい、思わず姿勢を正してしまう。

ちゅううと一方的にむなしい音が響き続けるのも何だか可哀想《かわいそう》だったので、俺は周りを見回し、誰もこっちを見ていないことを確認してから、そっとストローの片方に口をつけた。

両方の出口をふさがれ、透明なストローの内部に液体が満たされていく……。

そして、夜美の口元にトロピカルミックスジュースが到達《とうたつ》したとき……、

「──わあああ！　な、何かいきなり入ってきたああ！」

彼女はクワッと目を見開き、顔を真っ赤にして慌《あわ》て出《だ》した。

大きく咳《せ》き込《こ》んだあと、夜美の口《くち》の端《はし》から白黄色のドロリとした液体が垂れてくる……。

「こ、これはそういう仕様だろうが！　さっき自分で言ってたろ！」

目の前の馬鹿を見ていると、流石《さすが》の俺も自分の顔に血が上ってくるのを感じた。

4

ラブラブストロー刑《けい》を受刑者《じゅけいしゃ》に課す法律を作れば、きっと日本の犯罪率は低下すると思う。

そんな拷問《ごうもん》のような時間を何とか乗り切ったあと、ようやく始まったデートプランの話し合いも、これまた長くかかった。

夜美がアイデアを出し、俺が不可解に思っていると、彼女はタブレットを出して自分のアイデアを二次元語に変換《へんかん》する。それでようやく俺も彼女の言わんとするところを理解できる。

たとえばデートの最初に夜美は服を買いに行くと言い出し、俺に好きな服装を選ぶように要求してきた。

「こ、こう見えて、私はスタイルいい方です……何だって似合うんですからね？　ヤスの好きなようにコーディネートしてくれたらいいですから……」

「服なんてどれ着ても同じだろ」

「はあ⁉　これとこれで、女の子の魅力《みりょく》は変わってくるでしょうが！」

タブレットには、タンクトップとホットパンツの活発そうなボーイッシュ少女と、ふんわり系のワンピースを着たおっとり少女の二次イラストが描かれている。

「これを〇イッターに上げたと仮定して！　ボーイッシュがいいならリツイート！　ふんわり系がいいならいいいねをよろしく！」

「——俺はどっちもするぞ！」

「このいやしんぼめえ！　それぞれに違った良さがあるでしょうが！」

「わかる」

「……ちなみに、ヤスはどっちかっていうとどっちが好きですか？」

「こっちのふんわり系かな」

「なるほど、ふんわり系と。私にぴったりですね」

俺はハハハと笑った。

それから何も言わなかった。

「——せめて何か言え！」

こんな感じで、なかなか話題が先に進まないのだ。

その日、週末デートの最終工程である『私の手料理を食べてもらう』の料理に使う塩分の量を議論し終わったころには、もう日は暮れかかっていたほどだった。


そうして悪夢のような週末がやってきた。

その日、朝から何度も体調が優《すぐ》れない旨《むね》をメッセージで夜美に送りつけていたが、彼女からの返信はなかった。

都合の悪いことには耳を塞《ふさ》ぎ、強行採決に踏《ふ》み切《き》るらしい。

途端《とたん》に馬鹿らしくなった俺は、ベッドに横になると、スマホからイラストサイトにアクセスした。しかしお気に入り登録しているユーザーさんたちのイラストを見ていても、一向に心が満たされない……。

「行かなきゃ……」

俺は身を起こした。俺にとって夜美の描くイラストは、メロスにとってのセリヌンティウスも同然であり、暴君ディオニスたる夜美の手中に収まっている。

かの邪智《じゃち》暴虐《ぼうぎゃく》の王に放置プレイは効かぬ。必ず、そのしわ寄せはこっちにくる。

ああ、サバトたそ～。スケアクロウちゃ～ん。

そうして、俺がなけなしのやる気を振《ふ》り絞《しぼ》り、待ち合わせ場所である駅前の時計台についた

いた。

近くの本屋で時間をつぶせばいいと思って早めに来たのだが、もうそこに夜美はやってきていた。

柔らかい印象のカーディガンを羽織り、下はブーツが見えるくらいの丈《たけ》のスカート。そしてふちの赤い眼鏡をかけ、こじゃれたベレー帽《ぼう》を被《かぶ》っていた。馬子《まご》にも衣装《いしょう》とはよく言ったもので、見た目だけならいつもの頭のおかしい女には見えない。

「……早くね？」

腕時計を見ながらそう話しかけると、夜美はにっこりと笑った。

「私も、いま来たところです」

「あ、そう」

「――これ、言ってみたかったんですよ！　本当は約束の二時間前からここにいましたけどね？　でも、彼女に会いたくてつい早く来ちゃった彼氏より、もっと早く来てた彼女！　そして彼女はいまの台詞《せりふ》を言うわけですよ！　彼氏の方は、絶対心が通じ合った気がするでしょう！」

「俺は別にお前に会いたくて早く来たわけじゃないけど」

「またまた、照れちゃって」

「てかお前、約束の二時間も前に来てたの？」

「そうですよ?」

「じゃあ、とりあえず約束の時間まであと三十分あるから、もうちょっとそこで待っててくれる? 本屋でラノベ買ってくるから」

「ま、待ってえ! もう合流したんだから一緒に行ったらいいじゃないですか!」

「ええ……」

「引くのはおかしいでしょう! むしろ、いまみたいな鬼畜《きちく》発言をされたこちら側にこそ引く権利がある!」

鬼気迫《ききせま》る勢いでそう言ってから、夜美はじろじろと俺の全身を眺め回した。

「どうかした?」

「……ふーん、これがヤスの私服姿ですか……」

「いや、頒布会《はんぷかい》でも私服だったろ?」

「あのときは萌《も》えTを着てたじゃないですか。今日もそれで来るんじゃないかってヒヤヒヤしてたんですよ……?」

それから夜美は頬《ほお》を朱《しゅ》に染めて、もじもじし始めた。

「で、でも流石《さすが》に今日はちゃんとおしゃれしてきたんですね? ふーん、そう……」

「おしゃれって言っても、ありあわせの〇ニクロだぞ?」

「それでも嬉《うれ》しいです。デートの日に、TPOをわきまえて来てくれたわけですから……」

おずおずと上目づかいで見てくる夜美に一瞬だけ面食らったが、俺はすぐに正当な主張を展開した。

「俺は萌《も》えTって、お前のイラストを印刷したやつしか持ってないんだよね。そんなもん、イラストの作者の横を歩くときに着ていたら、なんとなく負けた気がするだろうが。『ぼくはこの女の犬です！』って声高《こわだか》に宣言してる気になる」

「……え、そういう理由？」

強く頷《うなず》いてから、夜美を睨《にら》みつける。

「今日はアウェイ感半端《はんぱ》ない。お前のせいで、いつもの萌《も》えTが着られないからだ」

「私のせいって……そもそも、その萌《も》えTがあるのは私のおかげじゃないですか」

言われてみるとそのとおりだった。

しかしそれを認めるのが嫌だったので、誤魔化《ごまか》すようにくるりと踵《きびす》を返すと、近くの本屋へと足を向けた。

「何を買うんです？」

当然、夜美もついてくる。

俺はラノベコーナーに行き、絵師買いから始まったラノベシリーズの五巻目を手に取った。

昨日がこの文庫の発売日だったのだ。表紙は、メインヒロインを押しのけて人気になりつつあるサブヒロインの立ち絵だった。

「あ、このラノベのイラストレーター、しろみんさんじゃないですか」

「え、知り合い？」

「ネットでちょっとしたやりとりをしたことはありますよ」

いいなあ、絵師さんには絵師さん同士のつながりがあって。

「……そう言えばさ、何で夜美ってイラストの仕事受けないの？　ラノベとかソシャゲとかあるじゃん」

「依頼は来ます。そりゃあ、私くらいの神絵師になればね！」

そう言う夜美は、またいつものドヤ顔だった。自分で言うなと言いたくなるが、俺にはこいつのイラストを否定することだけはできない。

「でも、お金に困ってませんからね。全部、断っています。同人活動も、別にお金のためにやってるわけではありません。私は男性のえっちな気持ちを集められればそれでいいんです」

「金に困ってない？　お前、両親に家から追い出されたとか言ってなかったっけ？」

「サキュバスは日本に圧力をかける闇《やみ》のサキュバス組織から、貢献度《こうけん》に応じたお金がもらえるんです。私くらいのサキュバスになると、それはすごい待遇《たいぐう》なわけですよ！」

「でもお前、落ちこぼれなんだろ？」

「ふ、持つべきものは友です」

夜美は眼鏡をくいっと上げた。よくよく見ると、その眼鏡にはレンズが入っていない。伊達《だて》なのだろう。

「リリィはエリートですからね。いま私は、彼女の家に居候《いそうろう》しています。そしてリリィがとても使いきれないお金を、普段から率先《そっせん》して使ってあげているわけです」

「ただのクズじゃねえか！」

「リリィがそうしたいって言うんだからいいんです」

クズが、むっとした顔で俺を睨《にら》む。

「私だってもちろん最初は遠慮《えんりょ》していましたよ。でも、リリィが媚《こ》びへつらって生活する私を見て嘆《なげ》くわけです。『そんなのは夜美じゃない。ありのままになって。レリゴーレリゴー』と、すがりついてむせび泣くわけです。なんて可哀想《かわいそう》なリリィ……」

夜美はレンズの入っていない眼鏡の上から、わざとらしく目を押さえた。しばらくして露《あらわ》になった彼女の瞳には、強い決意が満ち満ちている。

「——そんなのもう……私は豪遊《ごうゆう》するしかないじゃないですかあ！」

「いや、もっと他に選択肢《せんたくし》があったはずだ！」

叫びながら、俺は金髪碧眼《きんぱつへきがん》のエリートサキュバス、リリィのことを思い出していた。

慈愛《じあい》の表情で、できの悪い夜美を見つめていたリリィ……。彼女は夜美のサークル活動を手伝うためにコスプレして売り子までやり、必要からペイントソフトの使い方を覚えたとも言っていた。

なんてよくできた人格者なんだろうか。いや、度の過ぎたお人よしというべきか。将来、悪い男にでも捕《つか》まるんじゃないかと不安になってくる。

俺は思わず顔を覆《おお》い、呻《うめ》くように呟《つぶや》いた。

「俺……リリィにちょっときつく当たってたよな。これからは優しくしよ……」

「う、浮気《うわき》は許しませんよ！　ヤスは私の恋人なんですから！」

それから俺はラノベをレジに持って行ったが、「代わりに私が払いましょうか」と言って財《さい》布《ふ》から金を取り出そうとする夜美を、必死になって止める羽目になった。

やめろ！　それはお前の金じゃないだろ！

5

あんなことを聞いてしまったばっかりに。

最初のデートプランの『服を買いに行く』というところからして、俺はいまいち乗り切れなくなってしまった。

「どうですか、ヤス。これ可愛《かわい》いと思いません？」

自分の身体《からだ》の前に、商品のワンピースを持ってくる夜美。

俺は値札に手をやり、嘆息《たんそく》した。

「うわ、一万超《こ》えてるし……」

「なんなんですか、もう。別にヤスに払ってなんて言ってません」

「お前が払うわけでもないだろ」

「私が払いますよ。リリィが私にくれたおこづかいを、私の権限で使うだけです」

先ほどから夜美は自分の立ち位置について、印象操作しようとやっきになっている。

「ちょっと……ちょっとだけ、そのおこづかいの額が多いってだけ。そんなの私がいいとこのお嬢さまだと思えば、別に気にならないでしょう？　そういう人たちも、本人にまるで価値はないのに、両親のお金で偉《えら》そうな顔してるじゃないですか」

「ちょくちょく辛辣《しんらつ》だよな、お前」

「そもそもヤスだって、親から貰《もら》ったおこづかいで遊んでるでしょうが」

「俺はなあ、グッズを買う金や遊ぶ金は、休日とかに日給バイトして稼いでるんだ」

夜美は意外そうな顔になってから、目をすっと逸《そ》らした。

「……ふんだ、私だって稼ごうと思えばいくらでも稼げますよ。神絵師ですから」

「……どうでもいいけど、その神絵師って言い方やめない？　仮にもお前、悪魔なわけだしさ」

「じゃあ魔絵師《まえし》ですね！」

一人、満足そうにふんすと鼻をならす夜美を見て、俺は溜息《ためいき》を吐《つ》いた。

「お前、リリィのために何かやってあげてるわけ？」

「家事全般はやってます。つまりは家庭的なんです」

「へえ?」

「あ、そういうこと先に教えといた方がよかったですか? やっぱりヤスも、『女は家を守るもの』とかいう古い固定観念の前では、手も足も出ないアヘアヘ系男子ですか?」

なんだよアヘアヘ系男子って。特定の条件で、んほおおお、とか言うわけ……?

「言わば私は、リリィの家で働くメイドさんなわけですよ! どうです、これなら納得でしょう? 私は彼女の家を守り、その対価として給料を受け取っているわけです。その給料をどう使おうと、私の勝手!」

「メイドさんねえ……?」

「とぼけちゃってえ! こっちはヤスのパソコンに、二次元メイドキャラフォルダがあるの知ってるんですから!」

「そ、そんなもん、誰のパソコンにだってあるわ!」

俺が正当性を主張する間に、夜美はカバンからタブレットを引っ張り出し、ガシガシとイラストを描いていく。

ものすごい早さで、画面にメイド服姿の二次キャラができ上がった。夜美が初めて俺の部屋にやってきたとき、咄嗟《とっさ》に描いたあの新キャラだった。

「ほら、これがリリィの家で働く私のイメージです。二次元語で話せば、流石《さすが》のヤスもわかるでしょう」

「私のイメージって、この新キャラお前がモデルだったの？」

「え？　いえ、その……べ、別に誰がモデルとかはいいでしょう……」

改めて俺はイラストを見た。めちゃくちゃ可愛《かわい》い。

それから夜美を見る。

「いやお前、自分を美化し過ぎ（笑）」

「失礼な！　こんなもんですよ！」

顔を真っ赤にして、怒りを露《あらわ》にする夜美。

「そうかなあ。全然違うと思うけど……」

そんなことを言いながら、顔面炎上淫魔《がんめんえんじょういんま》の横にタブレットを持って行き、彼女と液晶《えきしょう》に映し出された麗《うるわ》しき二次元美少女を、もっと注意深く見比べる。

「……あれ？」

確かに、特徴《とくちょう》はとらえているかもしれない——と、そう思った途端《とたん》、俺は何だか急にまごついてしまった。咄嗟《とっさ》に空気を誤魔化《ごまか》そうとして言い放つ。

「じゃ、じゃあ、いまからメイド服を買いに行くか！」

「……へ？」

「お前、メイド服持ってないだろ。リリィと自分の関係性を、ちゃんと身なりから示せ！」

「ほう、メイド服ですか……」

すると夜美は目を虚空《こくう》に向け、ぶつぶつと呟《つぶや》き出す。

「まあ、ヤスはメイド服の女の子好きですもんね……？　確かに盲点《もうてん》でした……普通の服を買うよりも、そっちの方がいいかもしれません……」

「お、おい、どうした夜美……？」

俺が困惑《こんわく》していると、夜美はすっと瞳を動かしてこちらを見た。

「要するにヤスは、私のご主人さまになりたい……と、そう言っているわけですね？」

「言ってねえよ。お前、頭おかしいんじゃねえか？」

いや、頭がおかしいのは知ってるんだけどさ。

「まあ、何でも似合う私を、好きにコーディネートしていいと言ったのは私です。自分の発言には、きちんと責任を持とうではありませんか……」

「なんでそこはかとなくドヤ顔なの？　いまドヤ顔になれる要素あった？　てか、こっちの話聞いてる？」

「ちょうど近くにゴスロリショップがあったはずですから、メイド服っぽいゴスロリドレスを置いているかもしれません。行きましょう」

「メイド服っぽいって、なんだそれ。そんな妥協《だきょう》は許されるのか」

不服を訴《うった》える俺の言葉を聞いて何か感じるものがあったのか、夜美は説明をつけ加える。

「実際、メイドキャラのイラストを描くとき、私は細部にゴスロリファッションを取り入れますから。メイド服は西洋の文化。ゴシックもロリータも西洋の文化。時代も被《かぶ》っていますし、ゴスロリには、メイド服と言い張ればメイド服になるような服がいっぱいあるんですよ」

夜美は嘘《うそ》か本当かわからないことを言いながら、俺の服の袖《そで》を引っ張って歩き出す。

しかし二、三歩歩いたところで、ハッと弾《はじ》かれたように手を離すと、振り返って俺の顔をまじまじと眺めた。

案の定、それから彼女は顔を真っ赤にし、わたわたと慌《あわ》て出《だ》した。

「わあ、い、いまのは違うんです！　つい、咄嗟《とっさ》にやってしまっただけで――」

「いいから、行くならとっとと行こう」

俺はいまがチャンスとばかりに、目の前で振り回される彼女の手を片方握った。

一瞬ビクリと大きく身体《からだ》を震《ふる》わせた夜美は、ますます顔を真っ赤にして、しかしそれ以上抵《てい》抗《こう》せずにおとなしくなる。

「あ……うぅ……」

「ほら、行こうぜ」

俺は夜美の手を引きながら、内心でほくそ笑《え》んでいた。

よし、まずは手を繋《つな》げたな。これで、俺がこいつから解放される日も近いってわけだ。

……しかし夜美の手が驚くほど小さくて柔らかかったせいか、壊れ物を扱っているような気持ちになって、ついドギマギしてしまう。

それから、お互《たが》いに手を離すタイミングを言い出せなかったせいか、ゴスロリショップでも俺たちはずっと手を繋《つな》いでいた。

「あ、ヤス……これ可愛《かわい》いんじゃないですか……？」

「ああ、いいんじゃないかな……？」

会話もどこかぎこちなくなる。

夜美がおずおずと指差すのは、白い前掛《まえか》けとフリルがついたワンピースだった。

確かに、言われてみるとメイド服に見えないこともない。そう思いながら商品タグを見ると、『ゴスロリメイド服風ワンピ』と書かれているから、仕様でメイド服要素はあるらしい。

「えっと……じゃあ、これ試着とかしてきたら……？」

繋《つな》いでいる手を見下ろして俺が言うと、夜美はそこにぎゅっと力を込めてくる。

「も、もうちょっと、見て回ります……もっといいのがあるかも！」

「いいからこれにしとけって」

「……ダメ！」

そのときには、俺はメイド服を買えなどと言ったことを後悔し始めていた。あと、勢いで手を繋《つな》いだことも。

とにかく、めちゃくちゃやりづらい。まさかこんな墓穴《ぼけつ》を掘《ほ》ってしまうとは……。

そのあと夜美は小一時間ほど俺を引きずり回し、結局、最初に目をつけていたゴスロリワンピースの試着を店員らしき女性に頼んだ。

「可愛《かわい》い彼女さんですねえ」

夜美がようやく俺の手を離し、試着室に消えたのを見計らって、その女性店員はひそひそと俺に囁《ささや》いた。

「はあ、まあ……」

「よければ彼女さんの選ばれたアイテムによく合う小物、紹介しましょうか？」

「いえ、別に……」

何なの、この店員さん、めっちゃぐいぐい来るんですけど……。

「ほら、こちらのチョーカーとかすごくお勧《すす》めですよ！」

「チョーカー？　物は言いようっていうか、それただの首輪ですよね？　絶対に嫌ですよ」

「私にはわかります。彼女さんには被虐趣味《ひぎゃくしゅみ》がありますから、ちゃんと拘束《こうそく》してあげないと」

ふざけんな、こんな店二度とくるか。

そんなやりとりをしていたところ、試着室のカーテンから顔を出した夜美が「ちょっと、ヤス」と声をかけてきた。

「どうかした？」

手招きされるまま、仕方なく近づく。

「……こっちに入ってください。どんな感じか見て欲《ほ》しくて」

「普通にお前が出てくればいい話だろ」

「他の人に見られるのは……ちょっと恥ずかしいんです……」

夜美は相変わらず顔を真っ赤にしながら、ちらちらと何かを気にしているようだった。

その視線が気になって振り返ると、先ほどの店員さんがこっちを見てニヤついているのがわかった。あれのせいか！

次第《しだい》に俺自身もいたたまれなくなってきて、仕方なく夜美のいる側に入った。

試着室の中は、外から見ていたときほど広く感じず、すぐ近くに夜美の身体《からだ》があるように思った。急に、周りの気温が高くなった気がする……。

そばの服かけに、彼女が脱いだ服がかけられている。さっきまで夜美が身につけていたときには何も感じなかったのに、それはいま妙《みょう》な艶《なま》めかしさを放っているように感じた。

「ど、どうです……？」

ゴスロリワンピ姿の夜美は、おずおずと上目づかいで訊《たず》ねてくる。

「よ、よし、これでいい。とにかくもう、早くこの店を出よう……」

「……可愛《かわい》いってことですか？」

「可愛《かわい》いよ。可愛《かわい》いからさ……」

すると夜美は目を伏《ふ》せ、ますます顔を赤くした。そしてぽつりと、

「……嬉《うれ》しいです」

気まずくなって、俺はさっと夜美から目を逸《そ》らした。

しかし、逃げた視線の先にある鏡には、俺と夜美の姿が映っている。

まざまざと、いま陥《おちい》っている馬鹿な状況を客観視させられる機会を与《あた》えられ、俺は猛烈《もうれつ》な焦《あせ》りを感じた。こんな狭い部屋に二人で入るとか、マジで何やってんだよ……。

「と、とにかく、また着替えてさ。早く出てこいよ。俺は店の外で待ってるから……」

完全に余裕を失ってしまったそのときの俺にできたのは、逃げるようにして試着室から這《は》い出《だ》し、意味深な表情の女性店員を威嚇《いかく》しながら、店の外に出ることだけだった。

6

夜美が言っていたとおり、デートプランはまったく想定していたように進行せず、最初の服選びからして予定を大幅《おおはば》にオーバーしてしまった。

「三十分で選ばせてみせますよ！　ヤスの趣味なんて熟知していますからね！」

と、ドヤ顔で息巻いていた夜美は、二時間以上かかってゴスロリメイド服風ワンピを購入した。

まず、めぼしい服があったにもかかわらず、他の服を見るために取ったあの小一時間が無駄だった。女の買い物は長いと聞いていたが、それが本当だったと実感する。

ギャルゲの買い物イベントとかでは（――一時間後）とかのコメントで片《かた》がつくあの合間に、主人公たちがどれだけ苦労していたかを思い知らされた。

次は映画の予定だったけれども、それはキャンセルせざるを得ず、俺たちは一緒に食材の買い物を手近なスーパーで済ませると、夜美の住処《すみか》……つまりはリリィの家へと向かった。

「引っ越ししたんです。ここの方が便利だからって」

リリィの家は、いつも一緒にそこまでと言って下校する学校の最寄《もよ》り駅《えき》から、歩いて五分ほどのところにあった。

「え、結構でかい家だけど……あいつってそんなに気軽に引っ越しできる財力があるの？」

いま俺たちの目の前には、立派な庭つきの一戸建てがある。

「だから言ったじゃないですか。私が使うお金なんて、リリィからすれば鼻くそみたいなものです。リリィはサキュバス界のエリートホープですから、色欲《しきよく》さまからこんなにいい待遇《たいぐう》を与《あた》えられているってわけです」

「色欲さま？　え、誰？」

「私たちの主《あるじ》ですよ。七つの大罪神が一柱、淫奔《いんぽん》の色欲さま。私たちが集めた欲望は、全て色欲さまのもとに送られてから、質と量を勘案《かんあん》されて個人評価に変わるわけです。で、それに応じた魔力とかお金をいただけるという按配《あんばい》でして」

「なんてこった。お前たち、労働者だったのか」

「そうですよ。私たちはこの世知辛《せちがら》い世の中を、毎日一生懸命《いっしょうけんめい》生き抜いているんです」

「ちなみに、お前は先月その上役《うわやく》から、いくら貰《もら》ったの？」

夜美は、さっと目を逸《そ》らす。

「……三万円」

「生活できるレベルじゃないなあ」

「重要なのはお金じゃないんです！　生きるための魔力を貰《もら》うのがどれだけ大変か！　それを確保した余剰《よじょう》分が三万円ですから！　これ、すごいことですから！」

「サキュバスたちの平均手取りは？」

「サキュンワークでは四～五十万と書いてありました」

「じゃあダメじゃねえか！」

あとその求人情報誌みたいな名前の概念《がいねん》は何だ⁉

「上が貰《もら》い過ぎなんですよお！　ヤスはサキュバスカーストの怖さを知らないんですよお！」

知らないし、知りたくもない。

俺の憐憫《れんびん》の目をどう思ったのか、すぐに夜美は胸を張った。

「でも、いまに逆転してみせますから！　今日ヤスとも……て、手を繋《つな》ぎましたし？　もう男の人なんて克服《こくふく》したようなものです！」

そう言って、真っ赤なドヤ顔になる。それを見る限り、先は長そうだと思った。

それから夜美は、俺を家の中に案内した。

どうやら同居人のリリィは留守らしい。

リビングで待っているように言ってから、夜美はしばらく別室に立てこもってしまった。

次に登場したとき、彼女はさっきの店で買ったメイド服風ワンピ姿だった。

今度は、さっきまで身につけていなかったヘッドドレスとガーターベルトを装着している。

「これで完璧《かんぺき》なメイドさんの出来上がりです！　私がメイドキャラを描くときに一番気をつかっているのは、スカートとストッキングの間にできる絶対領域ですから！　そこを走る一筋のガーターベルトがないと始まりませんよ！」

「お前の頭は終わってんな」

「この間描いた新キャラが、この衣装《いしょう》を着たところを想像してください」

「――ひゅう、最高じゃねえか！」

俺は飛び上がり、全身で喜びを表現した。

「そう言えば、あの新キャラの名前、何にしましょうか。サバトたそとスケアクロウちゃんたちみたいに、固有名をあげようと思ってるんですけど」

「あれ、お前がモデルなんだろ？　じゃあお前の名前をもじってつけたら？」

俺がそう言うと、夜美は酸性を感知したリトマス紙めいた勢いで、一気に真っ赤になった。

「だ、だからあれは私がモデルじゃ……」

「はあ？」

「い、いえ……何でも……な、何でもありませんから……」

夜美はあたふたと誤魔化《ごまか》すように言って、コホンと咳払《せきばら》いした。

「……そうだ、あのキャラの正装はメイド服にしましょう……残虐《ざんぎゃく》なご主人さまに虐《しいた》げられながら、ご奉仕《ほうし》を求められる不憫《ふびん》かつ健気《けなげ》な、めちゃかわガールです」

「おい！　男の存在を匂《にお》わすな！」

「ご主人さまは女ですから」

「ならいい！」

俺が強く頷《うなず》いていると、夜美はちらりと俺の方を見つめた。

「そ、それはともかくとして、今日はヤスを私のご主人さまにしてあげます。ご飯もこの格好で作ってあげますからね……」

「……マジで？　じゃあご飯はあとでいいから、まずはおかずを作ってくれよ。最近お前がイラストをアップしないせいで、俺は飢餓《きが》状態に陥《おちい》ってるんだ」

「おかず？　どういう意味です？」

「エロイラストを描いてくれって言ってるんだよお！　この暴君ディオニスめ！」

「ええ……？」

夜美は何を言っているのかわからない、という顔だった。

「とぼけるんじゃねえ！　お前はイラストを人質《ひとじち》にして俺の時間を奪《うば》ってるだろ！　そろそろイラストを解放しろって話だ！」

「はあ？　ちょくちょく描いて見せてあげてるじゃないですか」

「そういうのは健全なシチュエーション絵じゃねえかっ……俺が求めているのは、もっとエロエロなやつなんだよっ……!!」

すると夜美はゴミでも見るような目を俺に向けてから、壁《かべ》にかかった時計に目をやった。

「……まあ晩御飯を用意する前に、一枚えっちなイラストを描くくらい別にいいですけど」

「よし。話は決まったな」

夜美は、もう一度自分の部屋に向かう。

俺は何の気なしに彼女のあとについて行っていたが、いざ部屋に入ろうというところで、

「そ、そう言えば男の人を部屋に入れるのは初めてですね……」

と、夜美がいきなり言い出して面食らった。

「別に気にすることじゃなくね？　お前、この間は普通に俺の部屋に入ってきたし」

「そ、そうですよね？　私なにを言ってるんでしょうか、あはは……」

「そもそも、いまリリィはいないんだろ？　どの道、この家で俺たちは二人っきりなわけだしさ……」

俺がそう言ってから、しばらく沈黙があった。

「──ま、まあ、とりあえず入ってください！　ははは！」

「わ、わかった！　ははは！」

俺たちは誤魔化《ごまか》すように大声で笑い合いながら、夜美の部屋に入った。

気のせいだろうが、そこは何だか妙《みょう》に甘ったるい匂《にお》いが満ちている気がした……。

夜美は四脚の折《お》り畳《たた》み机《づくえ》を開いて、その上にタブレットを置くと、絨毯《じゅうたん》の上に腰を下ろした。それから俺の方を見ずに、自分の横をポンポンと叩《たた》く。

「……座ってください」

「う、うん」

俺はぎくしゃくと動き、夜美の横に腰を下ろした。

ちらりと横目で夜美を見ると、夜美も同じように横目で俺の方を見ていた。

ばっちりと目が合う。

「さ、さあ、どのキャラを描いてもらおうかなあ！」

「そ、そそそれはもちろん、あの新キャラちゃんに決まってますからあ！」

夜美は顔を真っ赤にしたまま、恐ろしい勢いで手を動かし始める。

ぼうっとしながら、その様を見守っていた俺は、タブレットの画面にキャラの身体《からだ》のラインが浮《う》き彫《ぼ》りになってきたあたりで、思わずストップをかけた。

「——ま、待て！　ちょっとタイム！　チェンジ！　キャラチェンジで！」

「え？　どうしてです？」

「いや、だって……」

このキャラのモデル、お前じゃん……。

その言葉は、咄嗟《とっさ》に呑《の》み込《こ》んだ。そんなことを口に出したら、この馬鹿を意識していると思われてしまうではないか！　そこで即座《そくざ》に方向転換《ほうこうてんかん》し、

「俺は他のキャラが見たいんだよなあ！　やっぱりサバトたそがいいよ、サバトたそが！」

「ダメですよ！　ヤスはもう、このキャラのイラストしか見ちゃいけないんですから！」

「はあ？」

「だって他のキャラでヤスがそういう気分になったら、浮気《うわき》になっちゃうし……」

夜美はメイド服姿でもじもじしながら、わけのわからないことを言う。

そんな彼女の素振《そぶ》りを見ているうちに、俺は自分の顔が熱くなるのを感じた。

「……よ、よく考えたら、俺は完成イラストだけ見せてもらえればいい気がしてきた！　リビングで待っててもいい？」

「……いいですよ。わ、わたしも作業を邪魔《じゃま》されたらいいイラストが描けませんから……」

夜美はどこかほっとした様子で、すっと目を泳がせる。

——そのとき、部屋のドアがガチャリと開いた。

いきなりの衝撃《しょうげき》に、俺と夜美は一緒になって慌《あわ》てふためいた。

そこに現れたのは、もちろんこの家の主《ぬし》であるリリィ。

「……どうしたの？　そんなにあたふたして」

彼女は俺たちの方を見て、きょとんとしている様子だった。

7

俺は頭を必死にクールダウンした。

そうだ、別に俺と夜美は何かやましいことをしていたわけじゃあない。

夜美は三次元の肉塊《にくかい》であり、俺がどうこうできる存在ではない。

ただ、彼女がいまエロエロなイラストを描いてくれていたので、ちょっとそういう気分になってしまっていただけだ。そう、それ以外にない。

余裕を取り戻すと、俺は改めてリリィに向き直った。

上が白いブラウスで、下はぴっちりとしたジーンズ姿。

今日の擬似《ぎじ》デートの最中、夜美が言っていた慈悲深《じひぶか》さ溢《あふ》れる話のせいか、彼女はとても崇高《すうこう》な存在に見えた。

結局のところ三次元の肉塊《にくかい》に過ぎないけれども……それはともかくとして、リリィはすばらしい少女だ。

「もう帰ってたのね？　デートは楽しかった？」

リリィがにっこり笑って言うと、夜美は声を裏返らせて答えた。

「そ、そそそれはもう！　すでにヤスは、私に骨抜《ほねぬ》きにされていますからね！」

「へえ、そうなんだ？　ヤスもお疲れさま。ご飯食べていくんでしょ？」

リリィはスリッパをパタパタいわせて、俺たちの方に近づいてくる。

彼女は夜美のしている格好を見て、すっと目を細めた。

「……あら、夜美。そのメイド服、今日のデートで買ったの？　可愛《かわい》いわね……」

「……これですか？　そうですよ。ああ、ちょっと待ってください。私はいまヤスにご奉仕《ほうし》している最中なんです」

「ご奉仕《ほうし》？」

「え、えっちなイラストを描いてるんです。リリィも、リビングでちょっと待っててください」

そう言うと、夜美は俺たちを部屋から追い出し、恩返しの鶴《つる》もかくやとばかりの勢いで扉《とびら》を閉じ切ってしまう。

仕方なく、俺はリリィと一緒に広いリビングに向かった。

「……そういや、ここって最近引っ越してきたんだろ？　それにしては、えらく片づいた家だよなあ」

ソファに座り、改めてきょろきょろと周りを見回しながら、リリィにそう話しかける。

すると彼女は、またにっこり笑ってこう返してきた。

「下僕《げぼく》がいるからね」

「下僕？　ああ、夜美のことか？」

「違うわ。下僕は下僕よ。可愛《かわい》い快楽の奴隷《どれい》たち」

リリィは何でもないと言わんばかりの態度だったけれども、その発言には大きな問題がある気がした。

「え……奴隷《どれい》……？」

「私はサキュバスよ？　それくらい、いても不思議じゃないでしょ？」

彼女は隣接《りんせつ》するキッチンで、冷蔵庫から出した飲み物をコップに注いでいる。

「安心して。夜美の恋人役を籠絡《ろうらく》するつもりはないから」

「はあ」

「夜美には言っちゃダメよ？　奴隷《どれい》の話なんて、あの子には刺激が強すぎるもの」

リリィはリビングに戻ってくると、テーブルに飲み物を三つ置いた。

「お茶よ。どうぞ飲んで？　今日一日歩いて、喉渇《のどかわ》いたでしょ？」

「……何か変なもの入ってるわけじゃないよな？」

俺は途端《とたん》に警戒《けいかい》していた。夜美がいなくなってから、リリィの雰囲気がガラッと変わったような気がしたからだ。

　そう言えば、こいつは淫魔《いんま》と呼ばれる悪魔なのだ。しかも夜美のようなできそこないとは違った、業界のエリート……。

「そんなに警戒《けいかい》しないで。私、男に興味はないの」

　青い目を細めてそう言うリリィの言葉が、俺にはしばらく理解できなかった。

「……え？」

「正確には、いまは、ね？　私、本来はどっちもいける方だから」

「……どっちもって？」

「もちろん、男も女もってことよ」

　それを聞いて、ぶわっと総毛《そうけ》立《だ》つ。

「……バイってこと？」

「うーん、そういう言い方もできるかしら」

　リリィは俺の隣に腰を下ろし、自分の唇《くちびる》を指でトントンと叩《たた》く。

「本当は、女の欲望を吸うのはインキュバスの領分なのよ。でも、私は一人でどっちの欲望も『搾欲《さくよく》』できる。私がこの業界で一目を置かれているって言う話、夜美から聞いたでしょう？」

　なぜそれを知っているのだと思いながらも、俺はただ黙って頷《うなず》いた。

「私は両刀だから、色欲さまにも気に入られてるってわけ。一人で二人分の働きができるから」

俺が困惑《こんわく》して何を話せばいいかわからずにいると、リリィはジーンズのポケットからスマホを取り出した。

「ほら、ヤス。これ見て。よく撮れてるでしょ？」

彼女が操作するスマホには、手を繋《つな》いで歩く俺と夜美の後ろ姿が映っていた。

「こ、これ、俺たちじゃねえか……」

「あんたには、私からもお礼を言わないといけないと思っていたのよ。今日は、とっても興奮したわ……ありがとう」

「……はい？」

「私、夜美が好きなの」

リリィは細い指で俺の腕をそっと撫《な》でながら、そう言った。

「……は？　え、好き？」

「そうよ。もちろん友だちとしてとかそういう意味じゃないわ。純粋《じゅんすい》に、性的に好きなの」

言いながら、頬《ほお》を染めるリリィ。

「昔からずっとよ？　あの子、変なのよね。男が苦手とかいうわりに、別に女が好きってわけでもないでしょ？　情愛をつかさどるサキュバスのくせに不思議よね」

「……やっぱりあいつ、サキュバスの目から見ても変なんだ」

「変よ。人の欲望を刺激するのは楽しいわ。なのに、それをしないサキュバスは何を楽しみに生きてるんだろうってなるじゃない？　私はずっと夜美のことを不思議に思っていて……いつしかあの子のことしか考えられなくなっていたの」

「……そ、そうすか……」

「きっと私が女の子もいけるようになったのは、夜美のせいなのよ。その責任を取らせて、いまだって夜美をめちゃくちゃにしたくてたまらない。でも、私は『優しいリリィ』だから手を出せない……もどかしくって、いつもつい奴隷《どれい》たちにあたっちゃうの。今日も、『あの子』にはお仕置きしないとね」

「あの子？」

「ゴスロリショップにいたでしょ？　あの子、別にあそこの店員じゃないわ。私がお願いしたの。夜美とあなたの仲を取り持ってあげてってね」

それで俺はショップで俺たちの対応をした女性を思い出した。名札をしていたから、てっきりあの店の店員だと思ったんだけど……。

「……そういやあの人、俺に首輪とか勧《すす》めてきたぞ」

「知ってるわ。悪い子よね？　自分の趣味を押しつけるなんて」

そう言って笑うと、リリィは俺の腕に柔らかい胸を押しつけてくる。

「……ああ、あんた、本当に私に欲情しないのね？」

「残念だけど、俺を欲情させたきゃ二次元イラストを持ってこいよ」

妖艶《ようえん》な態度で、クスクスと笑うリリィ。

「素敵《すてき》。それでこそだわ」

「……お前、夜美のこと好きなんだろ？」

「そうよ？」

「じゃあ、なんで俺が夜美と一緒にいるのを許すんだ。しかも今日、俺たちを監視《かんし》までしてたんだろ？　俺たちがしてた話を知ってるし……それに、そのスマホの写真を見る限りさ……」

「今日だけじゃないわ。あんたたちが一緒にいるときは、ずっと見てたのよ？」

リリィは飄々《ひょうひょう》とした態度で、またスマホを操作した。

画面に俺がラブラブストロー刑《けい》に処されている写真が現れ、ぞくりと寒気を覚える。あのとき、周りには誰もいないと思っていたのに……。しかもこれ、傍《はた》から見るとめっちゃ恥ずかしいことしてるやん……。

「夜美はどうしようもないほど無垢《むく》だわ。そんな純粋《じゅんすい》な子が頑張って、羞恥心《しゅうちしん》に顔を真っ赤にしているのよ。可愛《かわい》くって、たまらないわ。ああ、こうやって人は寝取《ねと》られ属性に目覚めていくのかしら……？」

うっとりと頬《ほお》を染めるリリィを見て、ドン引きしてしまう。

不出来な友人を見守るしっかり者というイメージは彼方《かなた》へと消え去り、いま目の前にいるのは、夜美などよりもよほど頭のおかしい淫奔《いんぽん》の使徒だった。

「お、俺に任せていたら、夜美をめちゃくちゃにするかもしれないぞ……。俺は男だし、あいつは女だ……」

「別にいいわよ？　無垢《むく》で綺麗《きれい》なものが汚《よご》れる瞬間って、とってもぞくぞくするじゃない？」

「お前はやっぱり、頭がおかしい！」

「普通よ。私は情愛の悪魔。あんたたちの倫理《りんり》や価値観とは違う考え方の生物なんだから」

「……なんで俺にこんな話をした？」

俺は、すり寄ってくるリリィがいよいよ煩《わずら》わしくなってきて、強引《ごういん》に彼女の身体《からだ》を振り払って訊《たず》ねた。

「あんたの背中を押してあげたかったからよ。やり方が生ぬるいわ。もっと夜美に情熱的に迫ってくれないと、私が興奮できないじゃない？」

「自分のためってわけか？」

「そうよ。夜美のせいで、私はこんな性癖《せいへき》になってしまったんだから。全部、あの子が悪いのよ。あの子が可愛《かわい》いのが悪いの……許せない……」

そう言うリリィの表情は、苦悶《くもん》と情欲の間で揺れていた。

こいつ、本当にねじ曲がった性格してやがるな。

と、俺が眉《まゆ》を寄せたそのとき……。

「――じゃーん、どうですか!?　題して、『新キャラメイドの一番搾《しぼ》り』です！」

空気をまったく読まず、馬鹿がリビングに現れる。手には、プリントアウトされたA4サイズのエロイラストが握られていた。縛《しば》り上《あ》げられたメイドが謎《なぞ》の白い液体にまみれている。

「ああ、夜美、可愛《かわい》いわ！」

リリィは弾《はじ》かれたように立ち上がり、顔に無害そうな笑《え》みを作って夜美に近づいた。それから不必要なほど、べたべたと彼女の身体《からだ》を触る。

「ふっふっふ……そうでしょう。可愛《かわい》いでしょう……って何か近くないですか？　いま見るべきはこっちのイラストですけど」

「ほ、本物のメイドさんみたい。はあ、はあ……ひょっとして、私にご奉仕《ほうし》してくれるのかしら……？」

「何ですか、息が荒いですよ？　本物のメイドみたいって、このキャラは本当にメイドなんです。そりゃあ、私をモデルにはしましたけど……」

と、言いながら夜美は、ハッと口を押さえて俺の方をちら見すると、また顔を赤らめる。

その隙《すき》をついて、リリィはおもむろに夜美の死角へと回り込《こ》んだ。

背後から即席《そくせき》メイドの身体《からだ》にそっと腕を回すと、彼女の首筋にぐいと顔を近づける。

「ひゃあ、くすぐったい！　いきなり何するんです！」

「……ちょっと、めくれてるとこがあるわ。直してあげるから……じっとしてて……」

リリィは夜美の耳元で囁《ささや》きながら、彼女の身体《からだ》をしばらくわさわさとまさぐっていた。

俺はゴクリと生唾《なまつば》を飲み込んだ。

こいつは重症《じゅうしょう》だ……紛《まご》うことなき変態がそこにいる！

「どうです、直りました？　きちんとしてくださいね。この格好で、ヤスにご飯を作ってあげるんです。ヤスを一日だけ、私のご主人さまにしてあげるんですから……」

「そうなの……？　素敵《すてき》よ、夜美……」

背後から目を細めてじっと獲物《えもの》を見つめるリリィの姿は、俺を戦慄《せんりつ》させた。

俺はそのとき、こいつらが転校してきた日、リリィが夜美に向ける目に何となく違和感《いわかん》を覚えたことを思い出した。

そうか、あれは慈愛《じあい》の眼差《まなざ》しではなかった。愛は愛でも——性愛の眼光だったのだ。

いま夜美をうっとりと見つめるリリィの青い目には、まさにその感情が満ちている。

「夜美……お前も苦労してるんだな……今日はところどころ、きつくあたって悪かった……」

「え？」

俺は、思わず両手で顔を覆《おお》った。もう見ていられない！

こいつは立場が上の者にたかり、上手《うま》いこと生活していたわけではない！

——ただ金持ちに、性欲の対象として飼われていただけだ！

「俺は何の助けにもなってやれないけど、強く生きてくれ！　お前は強いサキュバスだ！」

「——そう、私は強いサキュバス！」

なぜか夜美はドヤ顔になり、スーパーの袋を持ってキッチンに向かって行く。

「……ああ、可愛《かわい》い。絶対に許せない……わ、私が手を出せないと知って、そんなにふりふりの可愛《かわい》い格好で挑発《ちょうはつ》しているんでしょ……?」

夜美を眺めてぶつぶつ呟《つぶや》くリリィを見ているうちに、俺は全てを投げ捨ててでもこの場から逃げ出したい衝動《しょうどう》にかられた。

それから夜美が作った料理は、恐怖でほとんど味がしなかった。

第三章　サキュバス界のノルマ。のちカンヅメ

1

「そう言えばあの新キャラの名前ですけど、『夜夢《よむ》ちゃん』に決まりました」

夜美は、学校の中庭で一緒に昼食を食べているとき、そんなことを言い出した。

「新キャラって、お前が最初に俺の部屋に来たとき適当に描いたあれか」

「そうそう」

「お前に似てるやつ」

「だ、誰に似てるとか、そういうのはいいんです……でもまあ……あの子、可愛《かわい》いですよね？　あれから何回か描いたとき、ヤスの反応も上々でしたし……？」

夜美《よみ》はごにょごにょと言《い》い淀《よど》みながらタブレットを取り出し、俺に渡した。

液晶《えきしょう》には、あの新キャラのあられもないイラストが表示されている。

一瞬、面食《めんく》らう。しかし、これは夜美ではない、これは夜美ではない、と念仏のように心の

中で唱えてから、俺はイラストに意識を集中した。

基本はメイド服だけれども、ところどころはだけていてグッとくる。もちろん、安易な十八禁を避《さ》ける夜美の手法は健在で、局部はしっかりと隠されていた。

「ほう……いいじゃないか」

俺はしばらく画面をフリックし続けた。

すると、横から新しいイラストが次から次へとスライドして現れる。

いったい何枚描いてるんだよと思ったが、俺にとってはそっちの方がありがたいので、突っ込まずにいておく。とはいえ、

「なんでこのキャラばっか描いてんの？」

夜美が描いているのは、『夜夢』とか命名された新キャラのイラストばかりだった。

「なんでって……別にいいじゃないですか。つまり、その……お気に入り！　そう、描いてるうちに気に入っちゃったんですよ！」

「これ、添付《てんぷ》して俺のアドレスに送るのはダメ？」

「……ダメ！」

夜美はすかさずタブレットを俺の手から奪《うば》い取《と》ると、大事そうに胸に抱《かか》え込《こ》んだ。

「じゃあ、せめてネットにアップするとかさ」

「このキャラは、ヤスにしか見せないって決めてるんです。恥ずかしいですから……」

「恥ずかしい？」

「──もう、いいでしょう！　変なこと言うと、イラストを描きませんよ！」

夜美はまた赤くなって、大声を出した。

「……お前さ。全然進歩してねえよな。男に慣れる気あるの？」

「ありますよ……ほらっほらっ」

夜美は俺の手を指でちょんちょんと突《つ》き、即座《そくざ》に引っ込めた。

それから、いつものドヤ顔を浮《う》かべる。何というか、秘孔《ひこう》を突《つ》いて勝《か》ち誇《ほこ》る漫画キャラのようだった。

「ふっふ、どうです？　こっちから男の人に触れるようになりましたよ」

「触ったまま維持《いじ》はできないわけ？」

「維持《いじ》ですか……？」

夜美はこれほど難しいものはないと言いたげに眉《まゆ》をひそめる。屁理屈小坊主《へりくつこぼうず》のトンチでも必要としていそうだ。

虎《とら》を縛《しば》るために、虎《とら》を屏風《びょうぶ》から出してください。

夜美が出した答えは、それによく似ていた。

「……ヤスが私の手を握ったら、それを我慢するくらいならできますよ……？」

「それじゃ意味ねえだろうが！　しかも我慢ってなんだ！　俺はばい菌《きん》じゃねえんだぞ！」

怒《いか》り狂《くる》う俺を無視し、夜美は手を差し出した。

目を逸《そ》らし、顔を真っ赤にして。

「……はい、ヤス。あーんしてください」

彼女の手には箸《はし》が握られており、何とその箸《はし》の先には卵焼きが挟《はさ》まっている。

「……は？　何これ？　どういう状況？」

「こ、こんなこともできるようになったっていう証明ですよ！　早く食べて下さい！」

「いや、それはちょっと……」

流石《さすが》に顔に血が上ってくる。

別に、相手がこいつだから照《て》れ臭《くさ》いというわけではない。相手が誰であろうと、こんなことをされれば恥ずかしいに決まっている……。

俺がまごついているうちに、夜美の方は変なスイッチが入ってしまったようだった。

「これ、半熟の卵焼きなんですよ！　いま絶妙《ぜつみょう》な力加減で摘《つま》み上《あ》げられているのがわからないんですか!?　――ああ、割れる！　割れて中の半熟マントル部位が零《こぼ》れ落《お》ちる！」

「待て、俺の上に落ちるだろうが！　はやく動かせ！」

「いいから食べろお！　食べれば済むう！」

「で、でも、お前の箸《はし》だし！　悪いだろ!?」

「ヤスはばい菌《きん》じゃないんでしょう！」

どうして突然《とつぜん》こんな窮地《きゅうち》に陥《おちい》ってしまったのかわからなかった。俺は周りを見回し、誰もこっちを見ていないことを確認してから、ままよとばかりに卵焼きにかぶりついた。

もぐもぐと咀嚼《そしゃく》するうちに、それが半熟でないことに気づく。

「え、嘘《うそ》だろ、お前……」

「くっくっく……忙しい朝にそんな手間のかかる料理を作るわけがないでしょう」

「騙《だま》したな！　半熟だって言われなかったら食べなかったのに！」

「おいしいですか？」

「え？　それは……まあ……」

俺は顔が熱くなっていた。対する夜美も真っ赤だった。

そこには勝者なき戦いが横たわっている。

「……ったくよ。お前、勢いだけで場をやりくりしようとするんじゃねえよ」

空気を誤魔化《ごまか》そうとする俺に、突如《とつじょ》として夜美は涙ぐんだ目を向けてくる。

「あの……」

「何だよ？」

「……この箸《はし》、ヤスが口をつけちゃいましたけど、どうしましょう？」

「だから、言ったろ！　悪いから引っ込めろって！」

そう叫んでから、俺は思わず夜美の口元を見てしまった。

よくよく考えると、こいつが食べていた箸《はし》で俺は卵焼きを食べてしまったわけだ。

これはあれじゃねえか、間接キ……。

「で、でもまあそんなこと、高校生にもなって気にするやつなんていねえよな？　夜美も気にすんなよ……」

心臓が早鐘《はやがね》を打っていた。どうして俺がこんな目に遭《あ》わないといけないんだ……？

「そ、そうですよね。別に男の人の唾液《だえき》を舐《な》め取ったくらいで妊娠《にんしん》するわけでもないし……」

「言い方が生々しいんだよ！」

それから俺は、自分の隣にいる夜美が、意を決して弁当のおかずを口元へと持って行こうとしては何度も止めるさまを、しばらく横目で追ってしまった。

そんなことをしていると、ポケットの中で携帯がブルルと振動《しんどう》するのがわかった。

取り出して見てみたところ、メールが届いていた。

……リリィからだ。

嫌な予感がしながらメールを開くと、すぐに添付《てんぷ》された写真が表示された。

そこに写っているのは、夜美が差し出した箸《はし》から俺が卵焼きを食べる瞬間だった。

『すごいバカップルぶりね。妬《や》けちゃうわ』

「うおおお……」

ひとしきりもだえ苦しんだあと、血眼《ちまなこ》になって周りを見回す。

くそっ！ あの変態女め、どこにいやがる！

しかし、リリィの姿を見つけることはできない。

「……なあ、サキュバスって姿を消すこととかできんの？」

「むふっ⁉」

俺が周りを警戒《けいかい》しながら訊《たず》ねると、夜美は過剰《かじょう》な反応を返した。

「なんだよ？」

すると夜美は慌《あわ》てて、口に入れていた箸《はし》を離す。

「うわあ、ヤスのばか！ がっつりいっちゃったじゃないですか！」

「え？」

「ソフトタッチですまそうと思ってたのにい！ 話しかけるから、つい会心の一撃ですよ！」

夜美は口から離した箸《はし》をそれぞれ両手に握り、エ○タークばりの構えで威嚇《いかく》してくる。

「う、うるせえ！ 間接キスくらいでごちゃごちゃ言うな！」

そんなやりとりをしているうちに何だか急激な疲れと虚無感《きょむ》に襲《おそ》われて、俺は顔を覆《おお》った。

「……もう嫌だ。しんどい」

「で、サキュバスが姿を消せるかどうかでしたか？」

「え？ ああ、うん……」

「いかにサキュバスといえど、姿を消すことはできませんよ。昼ならなおさらのことですし、たとえ夜だったとしてもムリムリかたつむりです」

「……あ、そう」

夜美がようやく質問に答えを寄越《よこ》したが、すでに俺はそのことに興味を失っていた。

2

放課後、俺は所属している漫研《まんけん》の部室に顔を出した。

部活のある日だけが、俺の休息のひと時だった。

夜美とは一緒に下校する約束をしているが、何か理由があれば堂々と断ることができる。

「……なあ、蛍《ほたる》。部活動は毎日やるべきじゃないかな？」

俺は部室にいるもう一人の部員、白波《しらなみ》蛍にぽつりと話しかけた。

部活動の日を毎日に拡大すれば、少なくとも放課後の安寧《あんねい》は確保できる。

「毎日って言っても、ヤスくんは別に漫画描いてるわけじゃないしねえ」

「ここは漫画を研究する部であって、描く描かないは自由のはずだ！」

俺は蛍の説得に必死になった。いまの境遇《きょうぐう》を改善できるなら、何でもするつもりだった。

「議論は大事じゃないか。漫画は日本が世界に誇《ほこ》るべき文化だ！　俺たちは文化の担《にな》い手《て》なんだよ！　もっと語り合おう！」

「はい、ちょっと動かないで」

身振《みぶ》りを加えて熱く訴《うった》える俺を、蛍が諌《いさ》める。

いま、俺は蛍が絵を描くためのポーズを取らされていた。

もっぱら漫画を読むことに特化した俺とは違い、蛍は自分で漫画を描く。さらに言うと、すでに何度か出版社にをしたこともあるガッツのあるやつだ。

「議論なんて、どこかの匿名掲示板《とくめいけいじばん》でできるでしょ？」

「いや、ネットとリアルは違うだろ」

「ヤスくんがそれを言うと、何か妙《みょう》に説得力ある気がするよね」

蛍はそんなことを言いながら、ペンタブの上でペンを動かしていく。

「でもヤスくん、彼女ができたわけだし。あんまり部活動ばっかりするのもよくないよ？」

蛍はどこかからかうようにして、唇《くちびる》を尖《とが》らせている。

「だから、あれは彼女じゃねえっての。そういうふりをしてるだけで」

俺は蛍には夜美との関係を打ち明けていた。あいつが俺のお気に入りのイラストレーターであり、その絵を人質《ひとじち》（？）にして俺に協力を強要していること。

「でも、夜美ちゃん可愛《かわい》いよねえ。ヤスくんもまんざらじゃないんじゃないの？」

「だったらよかったんだけどな。せめてあいつが二次元に存在していれば……」

「あはは、相変わらず重症《じゅうしょう》だ」

「とにかくさ。俺はいま、高校に通ってから一番やる気なんだよ。真摯《しんし》に、漫画という文化に向き合いたいんだ」

「向き合ってどうするの？　研究をまとめて、どこかにレポートでも提出する？」

「いや、そんな大それたことじゃなくてさ。これまでは漫然《まんぜん》とやってたけど、せめて目標を決めよう。そうすれば、自《おの》ずと活動にも熱が入るってもんだ」

「目標ねえ」

「蛍は高校のうちに商業デビューを目指す」

「ヤスくんは？」

「俺はそれを見守る。で、お前が有名になってから周りに言いふらす。『俺、あの漫画家と知り合いなんだよね』って、ドヤ顔で」

「じゃあモデル頑張ってね。ちょっと袖《そで》をまくってくれる？」

言われるがまま、俺はワイシャツの袖《そで》をまくった。

「うーん。やっぱり、このデッサン人形と本物とじゃ、随分《ずいぶん》違うよねぇ」

蛍は小さな素体《そたい》人形をいじりながら、俺と見比べている。

わりとムキムキな人形だった。細マッチョというやつだ。そんな理想的な体形の人形と、リアルな文系男子を比較《ひかく》されても困る。

「ねえ、ヤスくん。上、全部脱いでくれない？　肋骨《ろっこつ》が見たいんだけど」

「肋骨《ろっこつ》？」

「いま描いてるキャラが骨フェチなの。で、いまは理想的な肋骨《ろっこつ》を求めて夜な夜な人を襲《おそ》ってさ」

「——ネームからやり直せえ！　もっと大衆に媚《こ》びた内容を描かないと、商業デビューなんて無理だぞ！」

「いいからいいから。一般紙も大丈夫なレベルの、ちょいグロ漫画だってば」

何もよくなかったが、俺はしぶしぶ上半身裸になった。

蛍に剝《む》かれるのは、別にこれが初めてというわけではない。

蛍のその日の気分によって、やたら長くてマニアックな名前の筋肉を見せろと言われることがしょっちゅうある。

「ほう、ヤスくんったら、なかなかセクシーな肋骨《ろっこつ》をしていますなあ」

「お前、何かオヤジっぽいぞ」

「ちょっと触っていい？」

「別にいいけど」

三次元の肉塊《にくかい》に触られたところで、何か影響が出るわけでもあるまい。

蛍の手がさわさわと肋骨《ろっこつ》の上を動く。

「ほうほう、これがリアル肋骨《ろっこつ》の質感……」

「ちゃんと描写《びょうしゃ》に活《い》かしてくれよ。俺の犠牲《ぎせい》を無駄にするな」

「犠牲《ぎせい》って」

そんなやりとりをしているときだった。

部室のドアがガチャリと開いた。

「……ヤス。いますか？」

そう言いながら、おずおずと入ってきたのは夜美だった。

「実は私も、部活動に興味が……」

そこで、ピタリと言葉を止める。

夜美は最初に俺を見て、次に蛍を見た。

俺は上半身裸だった。

蛍は俺の身体《からだ》を触っていた。

なぜかわからないが、俺は全身からぶわりと冷《ひ》や汗《あせ》が出るのを感じた。

「――っ浮気《うわき》だあああああああ！」

「どわああああああああ！」

夜美がすさまじい大声を出し、俺は心臓が止まるのではないかと思うほど驚いた。

「週刊誌に垂れこんでやるううう！　ヤスなんて、謝罪ののち活動停止すればいいんですよおおおお！」

「おいお前、何わけわかんねえこと言ってる！　ちょっと落ち着けって！」

「こ、来ないでえええ！　せめて服を着てえええ！」

なだめようとして近づくと、夜美は顔を真っ赤にしてカバンを振り回した。

硬《かた》い部分が鳩尾《みぞおち》にヒットし、もんどりうって倒れる。しばらく部室をのたうち回ったあと、腹を押さえてうずくまり、くぐもった呻《うめ》き声を出した。

「う、ううぅぅ……」

「そんなに頭を低くして謝《あやま》ってもダメですから！　いくら私が悪魔にあるまじき優しさを兼《か》ね備《そな》えた人格者と言っても、怒るときは怒りますから！」

「ま、待て……これは別に謝《あやま》ってるわけじゃなくて……」

「他の女の子にうつつを抜かすなんて許せません！　私の唇《くちびる》を奪《うば》ったくせにい！」

「唇《くちびる》を？」

興味深そうに訊《たず》ねる蛍に、夜美は今度怒りの矛先《ほこさき》を向けた。

「こ、こ、この泥棒猫《どろぼうねこ》！　人の彼氏を略奪《りゃくだつ》しようとするなんて、不届きな人です！」

「キスしたの？　ヤスくんと？」

「……してない」

「──しましたよ、もちろん！」

俺の言葉に、夜美は食い気味に自分の言葉を被《かぶ》せてくる。

「え、二人の関係ってそんなに進んでたの？　ヤスくんってば、夜美ちゃんとは恋人のふりをしてるだけとか言ってたのに」

「男の『結婚してない』とか、『嫁《よめ》とはすぐ別れる』とかいう言葉を信じちゃダメなんですよ。それと同じことです」

「――おい！」

ようやく回復してきた俺は、適当なことを吹聴《ふいちょう》する夜美を制止しようとして立ち上がった。

夜美は顔を真っ赤にして、さっとカバンを上段に構えると、逆の手でテーブルの上に脱ぎ散らかされた服を何度も指差す。

釈然《しゃくぜん》としなかったが、ひとまず俺は夜美に背を向けながら、いそいそと服を身につけた。

「――これでいいか⁉　これで話を聞くのか⁉」

手を広げ、バッと夜美の方を振り向く。しかし、

「言いわけなんて聞きたくありません！　ヤスが悪いんですよ！　仏のように優しい私の信頼《しんらい》を裏切ったんですから！」

「じゃあもういいや。話すことなんて何もない」

「え、ちょっと」

俺がシッシッと手を振《ふ》ると、夜美は途端《とたん》に弱気になる。

「ま、まあ、ほらあれですよ……？　話くらいなら聞いてあげてもいいかなっていうか？　き

っと何か理由があったんでしょうね？　そっちの女の子が強引《ごういん》に誘惑《ゆうわく》したとか……誘惑《ゆうわく》……？」

そこまで言って、夜美はハッと何かに気づいた様子だった。

「――って、二次萌《も》えクソ野郎のヤスが、なんでリアルの女の子に誘惑《ゆうわく》されてその気になってるんですか⁉」

「だから、その気になんてなってねえよ！」

「まあまあ、二人とも落ち着きなよ。ヤスくんも夜美ちゃんも、とりあえず座って。お茶入れてあげるから」

蛍が、やんわりと俺たちの間をとりなそうとする。

しかし俺は、お茶を入れに行こうとする蛍を手で制した。

「そういうのは俺の役目だろ。お前は原稿《げんこう》を描くんだ」

「はあ」

「お前が有名になったときのために、いまから媚《こび》を売っておかないといけない。雑用は任せておけといつも言ってるだろ」

「上から目線なのか下手《したて》に出てるのか、たまにわからなくなるよね、ヤスくんは……」

蛍は呆《あき》れたように言ってから、そそくさと自分の席に戻った。

3

二人の誤解をそれぞれ解いてから、俺は冷めたお茶に口をつけた。

「……じゃあ絵のモデルをするために、ヤスは脱いでいただけだったんですね？」

「そうだって」

「ふうん。二人がしたキスって、ただの間接キスだったんだ」

「そうだよ。てか、そんなもんキスのうちに入らねえだろ？　何度も言うけど、夜美とは本当に何にもないんだって。ただこいつが、男に免疫《めんえき》をつけたいって言うからつき合ってやってるだけでさ。俺だってやらなくていいなら、こんな――」

「なんで蛍さんのときだけ、そんなに長々と補足説明するんですか！」

夜美は不機嫌《ふきげん》そうに、テーブルをバン！　と叩《たた》く。

「え、だって蛍に誤解されたくないし」

「私には誤解されてもいいって言うんですか？」

「……じゃあ、お前にもこと細かく補足説明すればいいってのか」

夜美はむすっとしたまま目を動かし、俺と蛍の顔を何度も往復させた。

「……まあ、ヤスが私のイラストにしか反応しないことはわかり切ったことですし？　何もなかったと言うなら、そうなんでしょうけど？」

そう言う夜美の顔には、すでにいつものドヤ顔が張りついている。

「お前のイラストだけじゃなくて、俺は二次イラスト全般が捕食《ほしょく》対象だけどな。たとえば蛍が二次美少女イラストを描くなら、いくらでも反応できる自信がある」

「はあ⁉」

「でも、こいつ女の子描かないんだよ。絵は上手《うま》いのに、もったいない」

「……女の子を描かない？　それはなぜです？」

夜美は、俺の方にずいと身を乗り出して訊《たず》ねた。

「うるせえな。俺に訊《き》くなよ」

すると今度、夜美は蛍の方を向く。

「どうして女の子を描かないんです？　信教上の理由とかそういう感じですか？」

「だって男キャラだけ描いてても漫画は成立するでしょ？　最近は、むしろ女性人気のある漫画の方がウケたりするし。そういう漫画って、あんまり女キャラが登場しないじゃない」

「ほう、では市場を考えた上で、意図的に描かないってわけですか」

「いや、あはは……まあ描けない言い訳なんだけどね……だって女の子描くのって恥ずかしくない？」

「同意を求めても無駄だ。そいつ、エロ絵師だぞ」

夜美を指差して言うと、蛍は苦笑いした。

「……ああ、『ヨミ』さんってそうだったっけ」

「かあっ！　エロ絵師と言っても、ちゃんと十八禁じゃないイラストですから！　私は何も悪くない！」

「お前、その発言は十八禁のフィールドで戦う他の作家さんに失礼だからな」

「……むぅ」

「そうだ。夜美ちゃん、ちょっとだけ絵のモデルやってくれない？」

蛍は嬉々《きき》とした様子で手を打ち鳴らすと、突然《とつぜん》そんなことを言い出した。

「へ？　モデル？」

「そうそう。私、男キャラはある程度最初から想像で描けるんだけど、女の子は難しくてさ。練習しようと思って他の友だちにモデル頼んでも、写真とかネットで見て描けばいいじゃんって断られちゃって。でも、こういうのって、やっぱりリアルには敵《かな》わないと思うの」

「ほう、私をモデルにねえ。目のつけどころはシャープです。しかし私とて、日々ノルマに追われる忙しい身……所詮《しょせん》はアマチュアレベルの人間の相手をしているほど――」

「可愛《かわい》い女の子をモデルに絵を描いたら、きっと女の子描けるようになると思うんだあ」

「――いいですとも。可愛《かわい》い私をモデルに絵を描きたいんですね？」

「……お前、ちょろすぎだろ」

可愛《かわい》いと言われて即座《そくざ》に手のひらを返す夜美を、俺は冷めた目で見つめた。

女が同性に向かって言う「可愛《かわい》い」ほど信用できない言葉はない。

しかしすでに夜美はその気になっているらしく、立ち上がって屈伸《くっしん》運動をしている。

「さあ、どんなポーズを取りましょうか。ふっふん、何でもいいですよ？」

「女の子！　って感じでお願い」

「え、なんかふわふわしてますね……？」

「じゃあ、夜美ちゃんのチャームポイントを強調させたポーズを取って」

「チャームポイント？」

「夜美ちゃん、スタイルいいし。胸とか、こう、キュッて腕で寄せてさ。もしくはお尻《しり》とか、こう、こっちに向けてプリッと突き出す感じで」

言いながら、その様子を自分の身体《からだ》で実践《じっせん》して見せる蛍。

彼女の動きを目で追いながら、夜美はカァッと顔を真っ赤にした。

「そ、そんな恥ずかしいポーズ、取れるわけないじゃないですか！」

「どうして？　何でもいいって言ったのに」

「だって、ヤスもいるし……」

夜美がちらりと俺の方を見て、そんなことを言い出す。

「安心しろ。俺はお前如《ごと》きに心を乱されはしない」

「それはそれで腹が立つんですよ！」

怒《いか》り心頭《しんとう》といった様子で夜美が振り上げた手を、蛍がそっと摑《つか》み取《と》る。

「……夜美ちゃん、手すっごく綺麗《きれい》だね」

「え、手ですか？」

「そうそう。夜美ちゃんって、右利《みぎき》き？　左利《ひだりき》き？」

「右利《みぎき》きですけど」

蛍は夜美の右手を開き、そこにつつっと指を這《は》わせた。

「絵描《えか》きなのにペンだこもできてない。イラスト描くとき、変な力が入ってないんだねえ」

「そりゃあ、私くらいの魔絵師《まえし》になればね！」

「じゃあさ、右手の人差し指をほっぺたに当てて、にこって笑ってくれる？　夜美ちゃんがやればきっと絵になると思うな」

「はあ、マニアックですねえ。でもそれくらいなら……」

夜美は蛍の指示どおり、頰《ほお》に右の人差し指を当て、ぎこちないドヤ顔を作った。

「あ、ドヤ顔じゃなくて、もっと朗《ほが》らかな笑顔でお願い」

「え、私いま別にドヤってないですよ？　ドヤッてるように見えます？」

「普段からドヤ顔ばっかりだから、普通の笑顔ができなくなってるんだろ」

俺は口をはさんだ。

「普段もドヤってないですって。え、私っていつもそんなにドヤってますか？」

こいつ無意識だったのかよ。てか、ドヤドヤうるせえな。

蛍はひとまず夜美の頰《ほお》を弄《いじ》り倒《たお》して表情を固定すると、席に戻ってペンを走らせた。

そのときまた、部室のドアがガチャリと開く。

幽霊《ゆうれい》部員を除いたちゃんとした部員は俺と蛍の二人だけで、顧問《こもん》の先生も熱心とは言えない。

だから、この部室に俺たち二人以外の誰かが来ることはほとんどない。

今度は誰だよ……？　と嫌な予感がしながら見ると、そこにはリリィが立っていた。

「あれ、リリィ……？」

彼女は、そうするのが当然と言わんばかりの態度で部室に入ってくると、隅《すみ》にある折《お》り畳《たた》みのパイプ椅子《いす》を広げて座った。それから、くいっと長い足を組む。

「……えっと」

俺は突然《とつぜん》の闖入者《ちんにゅうしゃ》を、不審《ふしん》の眼差《まなざ》しで眺めた。何をやっとるんだこいつ……？

リリィはおもむろに携帯を取り出すと、モデルを務める夜美に向けて「カシャッ」と音を鳴らす。

「――おい！」

「気にしないで。続けて」

リリィは俺に真顔で答えると、また夜美に携帯を向けた。

「気にするっつうの！　それ盗撮《とうさつ》だろ！」

「別に盗《ぬす》み撮《と》っているわけじゃないわ。私は堂々と夜美の姿を記録しているだけよ」

「そもそもなんなんだよ、お前！　いきなり入ってきやがって！」

「外で耳を澄《す》ましていたのよ。そしたら、夜美が絵のモデルをするとか話が展開するものだから、我慢できなくなっちゃって」

まったく悪びれた様子もなく、そんなことを言い出すリリィ。

あまりに堂々としているので、俺はリリィと蛍は面識があるのかと思った。俺の知らない間に、リリィは蛍からこの部室に出入りする許可を貰《もら》っていたのかもしれない。

「……蛍。ひょっとしてこいつと話したこととかあったり？」

「ないけど」

「じゃあ、やっぱりおかしいじゃねえか！」

俺は頭をかきむしった。

「あ、でもクラスですっごい噂《うわさ》にはなってるよ。女優さんみたいに綺麗《きれい》な転校生だって。日比《ひび》月《つき》リリィさんでしょ？」

するとリリィはすっと目を細めて蛍を見た。

「……あなた、可愛《かわい》いわね？」

「おい、蛍を変な目で見るな！　ていうか、部外者は出てけよ！　当然のように居座《いすわ》ろうとするんじゃない！」

「夜美だって部外者でしょ？」

「あいつは絵のモデルをやってるからいいんだよ！」

「じゃあ、私もモデルをやってあげるわ。それならいいでしょ？」

言いながら、リリィは夜美のそばに歩み寄った。

「夜美ったら、こんなにカチコチになっちゃって。大丈夫よ……私が緊張《きんちょう》を解いてあげるからね……」

夜美の髪を愛《いと》しげに指ですいてから、リリィはブレザーを脱いだ。するとその下から、ボタンが弾《はじ》き飛びそうなほどパツパツになった白いブラウスが現れる。

彼女は悩ましげな手つきで胸元のボタンを外し、谷間を露《あらわ》にした。

「さ、さあ、夜美も脱ぎましょ？　だ、大丈夫、芸術のためだから……はあ、はあ……」

「ちょっと、何なんですか。息が荒くて、若干《じゃっかん》キモいですよ」

若干《じゃっかん》どころの話ではなかった。いまのリリィは、見る者の大部分をキモがらせるキモさに溢《あふ》れていた。少なくとも、俺はキモくてたまらなかった。

「ブレザーだけ……ね？　ブレザーだけでいいから……」

「邪魔《じゃま》をしないでください。私はこの漫研《まんけん》に入ることにしたんです。いくらリリィと言えど、部活動の妨《さまた》げをするのは許しませんよ」

「……え？　おい」

変なことを言い出す夜美に、俺は待ったをかけた。

すると夜美は、ほんのりと頬《ほお》を朱《しゅ》に染めてもじもじし始める。

「べ、別にヤスと一緒にいる時間を増やしたいとかじゃありませんからね……？　まあ、一緒の部活に入っていれば、そのあとも一緒に下校できるのも確かですけど……」

「——アホがあ！　入部拒否だ、入部拒否！　お前如《ごと》きが、崇高《すうこう》なる漫画研究部に入れると思うな！」

心落ち着く時間と空間を侵《おか》されそうになって、俺は必死になって抵抗《ていこう》した。

「別にいいんじゃない？　夜美ちゃんってイラストすごく上手だし。ちゃんと創作するんだから、むしろヤスくんよりもよほど相応《ふさわ》しい人材だよ」

「お、お前までそんなことを言うのか、蛍!?　俺は批評という創作活動をしてるじゃないか！」

「批評（笑）」

夜美が口をはさむ。

「うるせえ！　文句あるのか！」

「それにしたって、部員は多い方がいいしねえ。賑《にぎ》やかな方が私は好きだし」

上機嫌《じょうきげん》な様子でペンタブに向かう蛍を見て、俺は絶望的な気分になっていた。

ここの部長は蛍であり、俺は単なる平部員に過ぎない。全ての権力は彼女が握っている。

「そう言えば、ヤスくんは毎日部活動したいんだっけ？　部員が増えるなら、色々活動できる幅《はば》も増えるだろうから、それも構わないよ？」

「いえ、結構です……こうなってしまうと、まだしも早く家に帰れる分、部活がない日の方がありがたいです……」

「そう？　変なヤスくん」

蛍が怪訝《けげん》そうな声を出したが、いまの俺には話を取《と》り繕《つくろ》う余裕がなかった。

4

その日から、夜美とそのおまけのリリィが漫研《まんけん》に顔を出すようになった。

蛍は二人にモデルをやらせて、女キャラを描く練習をしていたが、照れ癖《ぐせ》のある夜美は次第《しだい》に仕事をリリィに押しつけるようになった。

「……私がやるよりも、リリィがやった方がいいんです。リリィはコスプレとかも好きですし。人に身体《からだ》を見られるのもまったく抵抗《ていこう》がないんですから」

「あいつって正直、恥《は》じらいの概念《がいねん》が頭から抜け落ちてるっぽいところあるよな」

「そうですよ！　痴女《ちじょ》そのものです！　色欲《しきよく》さまに気に入られてるサキュバスは、大体みんなえっちなんですから……」

そりゃまあ、俺たちにしても、本来そういうのが概念《がいねん》としてのサキュバスだからな……。

俺はとある日の放課後、夜美と一緒に部室に向かっていた。クラス委員を務める蛍は放課後そっちの集まりがあるとかで、部活に顔を出すのが遅れるらしい。

今日の俺は、わりかし上機嫌《じょうきげん》だった。というのも明日から三連休があり、一日だけ夜美につき合う予定になっているものの、他の二日はフリーだったからだ。

久しぶりに羽が伸ばせるというもの。自由とは何とすばらしいのか。

そんなことを考えながら、ドアを開いて漫研《まんけん》の部室に入ったとき、肌色の山脈が二つそびえ立っているのを見つけて、おやっとなる。

そこには、下着姿のリリィがいた。

「な、な、なあああ⁉」

狼狽《ろうばい》して、声を裏返らせたのは夜美だった。

「あら、夜美、ヤス。遅かったわね」

「ホームルームで、担任が無駄話を始めてな。家の猫がどうのとか、お前はツイッ〇ラーかっての」

「ペットを自慢《じまん》したくなる気持ちはわかるけどね。きちんと調教してしつけると、すごく可愛《かわい》いのよ？」

平然と話しながら、リリィは体操服のハーフパンツを穿《は》く。

「そういやお前、なんで体操服に着替えてるわけ？」

「たまには蛍も、こういう動きやすい格好をしてる女の子の絵も練習した方がいいんじゃないかって思って。まあ、私なりのサービスかしら？」

リリィがずれたハイソックスを引っぱり上げようとすると、両腕に挟《はさ》まれた大きな胸が強調された。白い下着の下、その脂肪《しぼう》の塊《かたまり》は圧迫《あっぱく》面接官もびっくりなほど自己ＰＲしている。

「わあああああ！　この痴女《ちじょ》めええええええええ！」

突然《とつぜん》夜美が叫び声を上げてリリィに近づいた。それから、彼女を背中に隠すようにして両手を広げる。

「や、ヤスは見ちゃダメ！　目が潰《つぶ》れちゃいますよ！」

「はあ？」

「夜美……ひょっとして私を守ってくれるの……？」

何を勘違いしたのか、リリィはうっとりと目を細める。

「ばか！　ばかリリィ！　いいから早く服を着るんですよ！　男の人の前でそんなはしたない格好をするなんて、何考えてるんですか！」

「男って、ヤスのこと？」

「他に誰がいるって言うんです！　この痴女《ちじょ》！　淫乱《いんらん》！　パッキンビッチ！」

夜美は顔を真っ赤にしながら、罵詈雑言《ばりぞうごん》を口にする。

「ヤスなら何の問題もないじゃない？」

「俺がどうかしたか？」

　リリィと俺は、それぞれ俺の無傷をアピールする。

　すると夜美は驚愕《きょうがく》の表情で、よろよろと後ずさった。

「ま、まったく動じていないだと……」

「夜美ったら慌《あわ》てんぼさんねぇ。流石《さすが》の私も、そんなに周りを催淫《さいいん》して回るほど働き者じゃないわよ。今月分どころか、今年分の集欲ノルマもとっくに達成しているっていうのに」

　リリィは体操着の上を着ると、椅子《いす》に腰を下ろしてすらりとした足を組んだ。

　夜美は顔を赤くしたまま、ジロッとリリィを睨《にら》みつける。

「……あなたのノルマのことなんてどうでもいいんです。これからは、ヤスの前でいまみたいな格好はしないでください」

「どうして？　別に私の裸を見たって、ヤスはそういう気持ちにならないわよ」

「それでも何か嫌なんです！」

「ひょっとして嫉妬《しっと》してるの？　でも大丈夫よ。ヤスは夜美一筋だから、他の女なんかになびかないわ」

「……え？　そうなんですか？」

　きょとんとして、夜美は俺の方をまじまじと見つめてくる。

「そいつは悪魔だぞ。言うこと為《な》すこと嘘《うそ》ばっかりだから信用するなよ」

「そんなことないわよ。夜美が同じような格好をしたら、きっとヤスは反応すると思うわ。なんだったら、やってみる？」

言いながら夜美の制服に手をかけるリリィの表情は恍惚《こうこつ》としていて、俺はどんよりした気持ちになった。

こいつは結局、色々と理由をつけて意中の女の服を剝《む》きたいだけだ。

「……本気にすんなよ、夜美。俺が反応するのは、二次イラストだけだからな」

そう言って、やれやれと肩をすくめる。

すぐに夜美が嫌がって逃げ出すと思っていた俺は、しかし彼女がリリィにされるがままにブレザーを脱がされるさまを見て、途端《とたん》に及《およ》び腰になった。

「え、おい……」

「わ、わたしだって……本気になったらすごいんですからね……ちょ、ちょっとえっちな格好をすれば、ヤスなんてすぐにめろめろに……」

夜美は我を忘れた様子でうつむき、ブツブツと呟《つぶや》いている。

「お、おい、夜美……」

「いい子よ、夜美……はあ、はあ……あ、あと一枚いってみようね……？」

「——おい、夜美！」

「――？　……ひゃあああ、な、何ですか⁉」

俺の大声でハッと我に返ると、夜美は自分の胸元を這《は》うリリィの手に気づいて慌《あわ》て出した。

すでにブラウスの第三ボタンまで外され、肌色の領域がかなり広がっている。

「な、何をやってるんですか、リリィ！　離れてください！」

「これはサキュバス的教育なのよ！　ショック療法《りょうほう》であんたの男嫌いを治してあげる！」

「やめてぇ！　むしろトラウマになるぅ！」

「じゃあ、せめてあと一粒《ひとつぶ》だけ！　あとボタン一粒《ひとつぶ》だけでいいから！」

え、ボタンの単位って「粒《つぶ》」なの……？

そんなことを考えながら、俺は冷静になろうと深呼吸した。

まったく、ビビらせやがって……。別に俺が焦《あせ》っているのは、夜美があられもない姿になるのではないか、とか想像したからではない。そうではなく……とにかく、そうではない。

夜美は部室の床《ゆか》にしゃがみ込むと、涙目《なみだめ》になって胸元を押さえた。

俺は無念そうな顔をするリリィの手から夜美のブレザーをひったくると、本来の持ち主の肩にかけてやった。

俺の手が肩にあたり、ビクリと大きく身体《からだ》を震《ふる》わせる夜美。

「ああ、ごめん……」

俺はすぐに彼女から離れ、両腕を上げたまま二、三歩後ずさった。

「……いい雰囲気だわ。実はこれこそが私の真の目的だったのよ。私という共通の敵を作ることで、二人の仲をより深くしたかったたってわけ」

「うるせえ！　後づけにもほどがあるぞ！」

したり顔で頷《うなず》くリリィに、俺は怒気《どき》を向けた。

「私が自分の欲望だけで動いていると思ったでしょ？　でも、違うのよね」

「この話、まだ続ける価値ある？」

俺はうんざりしていた。

夜美もそうだが、サキュバスって種族は、みんなこうやって自己正当性を主張せずにはいられないやつらばっかりなのか？　まあ悪魔だし、こすずるいやつが多いのかもしれないけど。

「夜美のためでもあるのよ？」

しかしリリィが意味深なことを言い出し、俺は眉《まゆ》を寄せた。

「はあ？　夜美のため？」

「だってあんたたち、全然進展がないじゃない。まあ、それは別にいいとしても、夜美の男性恐怖症がいつまでも治らないっていうのは困るのよ。今月、夜美はほとんど絵をネットにアップしてないから」

「どういうこっちゃ？」

「サキュバスには毎月、欲望を集めて色欲さまに送るノルマがあるの。そして、あと三日後にはもう月末でしょ……」

それを聞いた途端《とたん》、床《ゆか》にへたり込んでいる夜美がガタガタと震《ふる》え出した。

「え……ちょっと待って……もうそんな時期でしたっけ……？」

「まさか忘れてたの？　もう私は庇《かば》ってあげられないんだからね」

「しまったあああ！　締め切りを失念していましたあああああ！」

夜美は身も世もないといった調子で、部室の中を行ったり来たりし始める。

「ど、どうしよう……いまからじゃ絶対間に合わない……こんなはずじゃなかったのに……」

しばらくそうやってわけのわからないことをブツブツと呟《つぶや》いてから、ピタリと立ち止まり、すっと俺の方に目を動かす。

「……ヤス……何、他人事《ひとごと》みたいな顔してるんですか？」

「――は？」

「これはヤスの責任でもあるんですからね！」

「い、いきなりなんだよ？」

「本来の計画なら、とっくに私は男性恐怖症を克服《こくふく》して、夜な夜な男の人を、え、えっちな気持ちにさせていたはずなんですよ！　なのに、ヤスが非協力的だから！」

「はあ⁉　こっちはお前のわがままに精いっぱいつき合ってやってただろ！」

「こっちは精をいっぱい集めたいんですよ！」

「うるせえ！　馬鹿野郎《ばかやろう》！」

俺はイライラして歯ぎしりした。普段から意味不明な要求をしてくるだけじゃ飽《あ》き足《た》らず、あまつさえこっちに責任を転嫁《てんか》してくるだと？

「私がいなくなったら困るでしょう！　ヤスもぼけっと立ってないで、この窮地《きゅうち》を凌《しの》ぎ切《き》る方法をちゃんと考えてくださいよ！」

「別に俺はお前がいなくなっても困らないし⁉　むしろ、厄介者《やっかいもの》がいなくなって清々《せいせい》するだけだし⁉」

「私のイラストが一生見れなくなるってことなんですよ！」

「くそっ、それは困る……」

俺は頭を抱《かか》えた。

「ねえ、あんたたち流石《さすが》にワンパターンすぎない……？」

リリィが何か言ったものの、俺は敢《あ》えてそれを無視した。

5

夜美はどうやら未来の自分に過度の期待をして、それまで行っていたイラストによる欲望収集活動をやめていたらしい。まあ、活動の停止自体は、俺も何かにつけてあいつのアカウントを見ていたので知っているところだったけれども。

ノルマがあるならあるで最初から教えとけよと思ったが、いまさらそんなことを言い出しても仕方がない。

俺たちは蛍に急用ができた旨《むね》をメールで送りつけたあと、リリィの家に場所を移し、夜美が月末のノルマを乗り切るための緊急《きんきゅう》対策会議を開いていた。

「……しっかし、何て計画性のなさだよ。夏休みの宿題を最終日に手伝えって言われている気分だ」

「でも、日々成長できている実感はあったんです」

「でもじゃねえよ。万が一の予防線として、絵くらい描いとけよ……」

しかし絵がネットにアップされていれば、俺の方にも夜美を手伝うモチベーションはなかったわけで……ってことは、ひょっとして俺にも責任はあるのか？

俺が素直《すなお》に夜美を手伝っていたら、こいつはイラストを人質《ひとじち》（？）にしなくてもよかったわけだ。

――いやいや違うだろ！　全部、サキュバスらしく振《ふ》る舞《ま》えない夜美が悪いんだって！

俺は自分を正当化しつつ、夜美をじっと見つめた。しかし悔《くや》しそうな顔で逸《そ》らされる彼女の目が潤《うる》んでいて、少しひるんでしまう。

「……お前さ。『夜夢』ちゃんだっけ？　あの新キャラのイラストはいっぱい描いてたじゃん。

あれをネットにアップして、いまからみんなの欲望を喚起《かんき》するのは無理なのか？」

「無理です」

きっぱりと否定される。

「なんで？　あれ、結構エロエロだったと思うけど」

「だって……あれはヤスしか見ちゃいけないんです……他の人があれを見て、そういう気持ちになるのはダメなんです……」

夜美はごにょごにょと言い淀《いよど》んだ。

「お前、そう言えばあのキャラの話になったときだけ、妙《みょう》にもじもじするよな。自分に似てるからか？」

「似てるっていうか、その……ああ、ダメです！　あのキャラのことはいまどうだっていいでしょう！　私たちはいま、もっと生産的な議論をすべきなんです！」

「生産的ねえ」

言いながら、俺は腕を組んだ。

これこれの期限までにこれだけの欲望を集めろというノルマがある。そのノルマを課しているのは、『色欲』とかいうわけのわからない神さまらしい。

「お前の上役《うわやく》の色欲さまってどんなやつなの？　そんなに怖いの？」

「怖いですよ。めちゃくちゃえっちな神さまです。ノルマを達成できないと、あの方の快楽地《かいらくじ》獄《ごく》に落とされます。人間が体験したら、一瞬で快楽死しちゃうくらいやばい罰《ばつ》なんですから」

「快楽死？　テクノブレイクみたいなもんか？」

「テクノブレイクってなんですか？」

夜美は首を傾《かし》げる。

「……あとで調べろよ。俺の口から言うのはちょっと」

「ふっふ、こんなときのタブレットですよ！」

夜美がタブレットを操作し始めるのを見て、俺は今度リリィに向き合った。

「その色欲さまに、夜美のノルマを待ってもらうこととかできねえの？」

「できないわ。肩代《かたが》わりすることならできるけどね」

「お前エリートなんだろ？　夜美のノルマを肩代わりしてやるとかできない？」

「今年に入ってから、もう三回肩代わりしてるのよ。サキュバス界のルールでは、保護者が一人のサキュバスのノルマを肩代わりできるのは、年に三回までって決められてて」

そう言えば、さっきリリィは「もう私は庇《かば》ってあげられない」とか言っていたような気がする。ていうか、リリィの立場って保護者なんだ……。

俺は夜美に視線を戻した。

「……こいつ、本当にどうしようもねえな……」

「えっと、テクノブレイクとは！　長時間のオ○ニーによって、性ホルモンの過剰《かじょうぶんぴつ》分泌を引き起こす症状《しょうじょう》……ときに死を招くというぅ……」

最後の方、夜美の声はほとんど聞き取れないほど小さくなっていた。

いまにも発火しそうなほど、顔が真っ赤になっている。

「ば、ばか！　ばかヤス！　なんて言葉をググらせるんですか！」

「うるせえ！　だからあとで調べろって言ったんだ！　……ちなみに、それはネットの都市伝説で医学的根拠《こんきょ》はないらしいからな」

「そんな補足説明はいりませんよ！」

こんなやりとりをしている場合ではない。

「とにかく、男の夢に出て直接欲情させるのが難しいってのなら、絵を描くしかなくない？　一枚のイラストで、大体ノルマのどれくらいになるんだ？」

「百分の一くらいです。つまり、月間百枚以上のイラストを描く必要がありまして」

「そう言えば、ネットで活動してるときはわりと凄《すさ》まじいペースで上がってたよな……」

「……中抜きがなければもっと少なくて済むんですけど」

ぽつりと言う夜美。

「中抜き？」

「ああ、気にしないでください！　こんなこと言っても仕方ないですから。わ、私は幸せな労働者ですよ！　不満なんてありません！」

「中抜きってなんだよ？　お前、集めた欲望を誰かにピンハネとかされてるわけ？」

「夜美が一枚イラストを描いたとして、そこから得られる欲望は一割程度なのよ。九割は他のサキュバスが持っていっちゃうわけ」

質問に答えたのはリリィだった。彼女は、不服そうに顔をしかめている。

「どういうことだ？」

「誰をイラストのモデルにしてるかって話なんだけどね。五年前、夜美がイラストによる欲望収集の方法を考えたとき、サキュバス界は激震《げきしん》したわ。画期的な集欲方法だって」

「業界が激震《げきしん》」

「そうよ。でも、夜美はイラストのモデルに他のサキュバスを使っていたの。そうなると、これはいったい、誰のおかげで人の中に欲望が生まれているのかって学会で議論になってね。他のサキュバスたちが権利を主張し始めたのよ」

「俺たちの社会でいう、著作権とか特許権みたいなもん？」

「そうそう。で、法整備が行われたの。そこには紆余《うよ》曲折《きょくせつ》があって——血で血を洗う抗争《こうそう》もあったんだけど……結果だけ伝えると、夜美はしっかりとイラストのモデルにしたサキュバスを提示して、彼女たちに原作料を払う必要が出てきたってわけ」

「そういうことだったのか」

サキュバス界も色々ややこしいらしい。学会とか法整備とか血で血を洗う抗争《こうそう》とか、色々突っ込みどころもあった気がしたものの、俺はとりあえず素直《すなお》に頷《うなず》いた。

「……てことは、俺が愛してやまない『サバトたそ』と『スケアクロウちゃん』にもモデルがいるってこと？」

「もちろん。一応、夜美と私の先輩よ。他のやつらから守ってやるから、自分たちをモデルにしたキャラのイラストを描けって言ってるの。夜美のおかげで、あの二人はいまバブル状態なのよ。そりゃそうよね？　何もせずに欲望が集まってくるんだから」

「ええ……そういう汚《きたな》いところ知りたくなかったな」

何というか、もうあの二人に純粋《じゅんすい》な眼差《まなざ》しを向けることはできない気がした……まあ、もともとよこしまな目で見ていたわけだけど。

とはいえ俺のそんな欲望も、大部分がその先輩たちに吸われていたわけで。

考えているうち、次第《しだい》に腹が立ってくる。

「……何ていうか、それってかなり理不尽《りふじん》な話だよな。夜美が必死に集めようとした欲望の大部分を、そいつらが持って行っちまうわけだろ？」

「……仕方ないんですよ。私は駄目サキュバスですから。こんな方法に頼らないと欲望を集められないのが悪いんです……」

「そうかあ？　お前は既存《きそん》の方法でできないから、できないなりに他の方法を考えたわけだろ？　なのにそのサキュバス界の連中が、自分の物差しで測れないものを、強引《ごういん》に測れるようにしようとしたってだけじゃねえか」

結果、夜美が割を食うことになった。せっかく編み出したアイデアも、他のやつらを潤《うるお》わせるだけになってしまった、と。

「お前を駄目サキュバスにしといた方が、そいつらにとっては都合がよかったってことだろ？　そっちの方が搾取《さくしゅ》できるから。お前に『落ちこぼれ』っていうレッテルを張って、足元を見てるんじゃねえか……」

すると、夜美はぽかんと呆気《あっけ》に取られた顔で俺を見た。

その顔が見る見るうちに朱《しゅ》に染まっていく。

「え、ヤス……？」

夜美のそんな様子をしげしげと見ているうちに、俺の方も自分が怒りに任せて何を口走っていたかに気づき、顔に血が上ってくるのを感じた。

し、しまったあ！　まさか、この馬鹿の擁護《ようご》をしてしまうなんて……!!

「ま、まあ、こんな話をしていてもしょうがねえよな！　いまの状況に愚痴《ぐち》を吐《は》いてても、何も始まらないし！」

空気をうやむやにするため、俺はすかさず頭を巡《めぐ》らせた。

「そうだあ！　だったら、尚更《なおさら》あの夜夢ちゃんフォルダを解放すればよくね!?　あれって、夜美をモデルにしてるんだろ？　他のやつらに欲望を横取りされなくていいキャラじゃねえか！」

我ながら惚《ほ》れ惚《ぼ》れするアイデアである！

しかしそのやり方に、今度はリリィが難色を示した。

「わかってないわね。あのキャラはただのイラストじゃなくて、ほとんど夜美そのものなのよ。他のキャラもそうだけど、夜美が魔力を込めて描いたイラストのキャラは、モデルになった本人と同一と言ってもいいくらいのレベルになっちゃうんだから」

そう言えば、頒布会《はんぷかい》に来ていた夜美のファンが、夜美のイラストを指して「魂削《たましいけず》られてる感がある」とか「夢に出てくる」とか何とか言っていた。描かれたキャラがほとんどサキュバスそのものだったとしたら、何となく頷《うなず》けるような気もするが……。

「……それが何だよ？」

「だから、夜美は男に欲望を向けられるのが怖いって言ってるじゃない。自分をモデルにしたキャラのイラストを解放できるくらいタフだったら、とっくに直接『搾欲《さくよく》』できるようになってるって話でしょ？」

「でも俺、あの絵を見てムラムラっときたことあるぞ」

「そりゃ、あんたは別よ。あんたがそういう気分になるのは、夜美も嬉《うれ》し――」

「――うわあああああ！　黙れえええ、このすけべえめえええええ！　て、適当なことをペラペラしゃべるんじゃなあああああい！」

そのとき、夜美がリリィに向けて猛然《もうぜん》とタックルをかました。

「ぐ、ぐふっ！」

「いくら悪魔とはいえ！　そうやって嘘《うそ》ばっかり言っていると、いつか地獄《じごく》に落ちますから！　どうしてそんなに嘘《うそ》を言うんです！　ほら、嘘《うそ》を吐《つ》いてごめんなさいって謝《あやま》るんです！」

「ご、ごめんなしゃ……いっひひ……」

夜美に組みつかれて、だらしない顔をするリリィ。涎《よだれ》でも垂らしそうな勢いだった。

「あ、いま謝《あやま》りましたね⁉　じゃあ嘘《うそ》だって認めるんですね⁉　ほわああああ、ヤス！　この悪魔は嘘《うそ》を吐《つ》いたと認めましたよ！　ほわあああ！」

「な、何をそんなにむきになってんだよ……？」

「私はいついかなるときも、己《おのれ》の尊厳を守るために戦う！　リリィが不当なことを言ったのが悪いんです！　わ、私は別に……ヤスが私をモデルにした絵を見て、えっちな気持ちになってても……なっても……」

言いながら、夜美はますます顔を赤くして、リリィの身体《からだ》に回す手にぎゅっと力を込める。

「——わああああああ！　しばらく一人にしてくださいいいいいいいい！」

リリィを放り出すと、夜美はダッシュで自室に向かって行った。

「ふう……まったく、夜美は子どもね」

「お前、鼻血出てるぞ……」

床《ゆか》に転がったままビクビクと痙攣《けいれん》するリリィを睥睨《へいげい》しながら、俺はぽつりと呟《つぶや》いた。

6

俺はそれからリリィと話し合い、一つの結論に辿《たど》り着《つ》いた。

夜美の危機を乗り切るためには、ある人物の助けが必要だ、と。

「……もしもし、蛍?」

『あ、ヤスくん。どうしたの?』

携帯の向こうに蛍が出て、俺はリリィに視線を送った。

すると、リリィがこくりと頷《うなず》きを返してくる。何だか、映画とかに出てくる捜査官《そうさかん》にでもなった気分だった。

「……もう帰ってる?」

『うん。だって部室に一人でいても仕方ないし。ヤスくんの方は急用があるとか言ってたけど、もう終わったの?』

「そのことなんだけどさ。明日から連休じゃん? 部員も増えたし、合宿とかやらない?」

『え、突然《とつぜん》だね』

「それについて、いま色々交渉してたわけよ。マネージャー兼《けん》雑用担当として、蛍が漫画を描くのに集中できる場所を探してさ」

『そんな、本人に内緒《ないしょ》で？』

「部活動をもっと熱心にしようって話、前にしたろ？　俺は蛍に才能があると思ってるんだって。いま描いてるやつ、この連休中に仕上げて投稿《とうこう》するなりしようぜ」

『強引《ごういん》だなあ』

「場所はこっちで用意するからさ。もちろん、安全に寝泊《ねと》まりできる場所だし」

自分で言いながら、安全？　と思ってリリィを見る。

リリィはまたこくりと頷《うなず》く。しかし、彼女の目はどこか据《す》わっている気がした。

「……夜美もいるし、リリィもいる。一人でやるより、きっといい刺激にもなるしさ」

『ああ、二人にはもうオッケー貰《もら》ってるんだ？』

「そうそう。あとは部長の許可さえあれば」

しばらく沈黙があってから、蛍がぽつりと言った。

『もう……わかったよ』

「え、マジで？」

『いいよ。どこに行けばいいの？』

「そしたら、三十分後にマンションのロビーに降りてきてよ。迎《むか》えに行くから」

それから二、三会話すると、蛍は両親に報告すると言って電話を切った。

蛍がわりと簡単に提案に乗ってきてくれて、ほっと安堵《あんど》の息を吐《つ》く。これで計画の第一段階はクリアだ。

「……よし。俺はいまから一旦《いったん》帰って準備を整えたら、蛍を迎《むか》えに行ってくる。リリィは夜美をやる気にさせておいてくれ」

「任せて。いまこそ、サークル『夜月花堂《よづきばなどう》』が本気を出すときだわ」

「……言っとくけど、蛍に手を出すなよ？」

「もちろん」

言いながら、リリィはペロッと唇《くちびる》を舐《な》めた。

……・……・……

「わあ、おっきい家！　リリィちゃんってすごいところに住んでるんだねえ」

「ま、遠慮《えんりょ》せずくつろいでくれ」

「なんであんたが言うのよ」

玄関まで迎《むか》えに出てきたリリィが、屈託《くったく》のない笑顔を浮《う》かべて言った。

「いらっしゃい、蛍。歓迎《かんげい》するわ」

「あ、リリィちゃん。今日はありがと。えへへ、友だちとお泊《と》まり会なんて初めてだから嬉《うれ》しいなあ」

「……可愛《かわい》いこと言うのね？　きっと……今日は忘れられない夜になるわ」

リリィと蛍がそんなやりとりしている間に、俺は夜美を探して先にリビングへと向かった。

当の夜美はジュースをストローでちゅうと飲みながら、タブレットを弄《いじ》っている。

「……お前、えらく落ち着いてるじゃねえか。ノルマの締め切りが迫ってるってのに」

「ま、私が本気を出せば余裕ですから？」

そう言う夜美は、いつものドヤ顔だった。

さっきまでずっと部屋に引きこもっていたくせに、えらい立ち直りようだ。

とはいえこいつはすぐ調子に乗る性質なので、いまはリリィに適当なおべんちゃらを言われてその気になっているだけかもしれない。

「……リリィから話は聞いてるな？」

俺は玄関の方をちら見しながら声をひそめた。

俺とリリィが考えた方法とは、結局夜美にイラストを描かせるというものだった。

もちろん、いままでどおりのキャラクターを使ったイラストを描くわけではない。

サキュバスをモデルにしたイラストを描くと搾取《さくしゅ》されるというのならば、サキュバス以外の人間をモデルにしたと主張できるキャラを作ればいいのだ。

夜美の交友関係は極《きわ》めて狭かったが、かろうじて一人だけ声をかけられる少女がいた。

それが蛍だ。

「……なんとか蛍を連れてきた。俺にできるのはここまでだ」

「ふっふ、あとは私に任せてください。蛍さんはいつも私たちをモデルにして絵の練習をしていますからね。たまには、反対にモデルになってもらいましょう。くっくっく……あれが、どれだけ恥ずかしいことかわからせてあげますよ」

「キャラの名前は『ほたりん』と『ほたるん』のどっちがいいですかねぇ？」

趣旨《しゅし》変わってるやん。あといまはお前、ほとんどモデル役をリリィに押しつけてるだろ。

「知るかよ」

「あ、ちなみにヤスはできたイラスト見ちゃダメですからね」

「──は？」

途端《とたん》に俺は殺気を露《あらわ》にした。何のために、俺がここまで頑張ったと思っているのだ。全てはイラストのためではないか。

すると、夜美は眉《まゆ》をきゅっと吊《つ》り上《あ》げた。

「だ、だって浮気《うわき》になるじゃないですか！　蛍さんをモデルにしたキャラでそういう気持ちになったら！　ヤスの彼女は私なんですよ？」

「いや、俺たちの関係は、お前の練習のためにそう演じてるってだけだろ」

「ヤスがそんな気持ちだから、私の進歩が遅いんです！　もっとヤスがしっかり恋人役を演じてくれてたら、私はいまごろ手練手管《てれんてくだ》を駆使《くし》して男を籠絡《ろうらく》できる、イケイケのサキュバスになってたはずなんですよ！」

「いや、お前なあ……」

「だ、だから見ちゃダメなんです！　ヤスが見ていいのは夜夢ちゃんだけですから……」

夜美はまたもじもじし始めた。

そのキャラの話をするのが気まずいなら、自分から言い出さなければいいのに。なんでわざわざ自分で見えてる地雷を踏みに行くの？　こいつ、マインスイーパーででかい数字を見つけたら周りを掘らずにいられないタイプ？

俺がイライラしながらそんなことを考えていると、夜美は消え入りそうな声を出した。

「……ヤスは、私以外で……えっちな気持ちになっちゃダメです……」

「はいはい。そういう演技を徹底《てってい》しろってことだな？　わかったよ」

どうせネットにアップされたイラストはいくらでも見ることができる。いまは適当にその気にさせて、こいつに月のノルマを乗り切らせるのが先決だろう。

「俺はお前の恋人だからな。確かに、浮気《うわき》はダメだ」

「……月末を過ぎたら、また夜夢ちゃんをいっぱい描いてあげますから。ちょっとだけ我慢していてください……ね？」

そのとき、そっと伸ばされた夜美の手が俺の手を握った。

え？　と、しばらく夜美の赤い顔を眺めてから――俺は飛び上がりそうなほど驚いた。

「――うわあああっ⁉」

「わあ！　な、何ですか⁉　急に大声出して！」

夜美がパッと手を離し、俺は窮地《きゅうち》に陥《おちい》った海老《えび》さながらの素早《すばや》さで後ろに飛び退《との》いた。

心臓が早鐘《はやがね》を打っている。なんとか動悸《どうき》を落ちつけようとして深呼吸する……。

「だ、だってお前が急に手を握ったりするから……」

「恋人同士だったら、手を繋《つな》ぐぐらい普通ですよ……？」

夜美は顔を真っ赤にしたまま、ぎこちなく笑った。

「……私だって、それくらいできるようになってますから。ちゃんと進歩してるんですから。ひょっとして驚きました……？」

「べ、別に俺は驚いたわけじゃねえからな！　いや、仮に驚いたとしても、手を握られたことに対してじゃねえからな！　お前からは絶対に触れてこないと思ってたから、びっくりしただけだし⁉　ほら、制空圏《せいくうけん》を極《きわ》めた武闘家《ぶとうか》が急に攻撃《こうげき》を受けたら驚くだろ⁉」

強引《ごういん》に言いくるめようとする。しかし……。

「ほんとにヤスは照れ屋さんですねえ。そんなにむきになって否定しなくてもいいのに……」

くすくすと笑いながら、夜美は恥ずかしそうに目を伏《ふ》せた。

俺はいつものように夜美に嚙《か》みついてやろうと息巻いたが、いまの彼女の雰囲気がどこか普

段とは違うような気がして、面食らった。

夜美は上目づかいでちらりと俺の方を見つめてから、意を決したように口を開く――。

「……ね、ヤス。さっきの……嬉《うれ》しかったです」

「さっきの？」

「わたしのこと、駄目サキュバスじゃないって」

「は……はあ⁉　い、いや、あれは、その……お前を擁護《ようご》しようとしたわけじゃないし……⁉

他のサキュバスたちのやり口が気に入らなかっただけで！」

俺が慌《あわ》てて言い訳しようとしていたそのとき、

「……あんたたち、何を騒いでるのよ」

「――いいところにきたあ、リリィ！　ここにくるまでに喉《のど》が渇《かわ》いたので夜美が飲んでるジュースを俺にもください　お願いします！」

リリィと蛍の二人がリビングにきたのをこれ幸いと思い、俺は場に蔓延《まんえん》する妙《みよう》な空気を必死に誤魔化《ごまか》そうとした。

「……それは別にいいけど。あんまりはしゃがないでよ？　あくまで、これはカンヅメ作業のための集まりなんだから。遊びじゃないのよ」

「わ、わかってるよ。買い出しや雑用は全て俺に任せておけ……」

言いながらちらりと夜美の方を見ると、彼女はどこか後ろ髪《うしがみ》を引かれたような顔をしていて、俺はさっと目を逸《そ》らした。

7

蛍をモデルにしたキャラクターのデザインは、俗《ぞく》にいう「森ガール」めいたものに収束しつつあった。

ふわっとした服装が、おっとりした蛍の雰囲気によく合っている。

ただ、この服装デザインは消去法的に選ばれたといってもよかったのだが。

というのも、夜美にインスピレーションを与えるために、蛍はリリィが次から次へと用意する服を着せられて一人ファッション・ショーのようなことをする羽目になったのだけれども、スタイルが違い過ぎるリリィの服の中でしっくりくるのが、ふわっとしていて体型に左右されない服だったということだ。

「……ああ、いいですよお。蛍さん、その表情いいよお。マイナスイオン出てるよお」

「今度はこっちを着てもらおうかしら？　どう思う、夜美」

「……いいですねえ。背景に森が見えますねえ」

夜美とリリィは蛍の周りを徘徊《はいかい》し、角度を変え、ぶつぶつと呟《つぶや》きながら彼女を舐《な》めるように見回している。そんな様子を見る限り、夜美はもういつも通りだった。

「そうだ、蛍さんは優しい雰囲気がありますから、母性溢《あふ》れるキャラにしましょう。『お前がママになるんだよ！』というやつです……」

夜美がタブレットに何かを描き込んでいく。

「お、おい！　それは何か意味が違うだろ！」

「これって私、いまセクハラを受けているわけ？」

蛍は苦笑いしながら、そんなことを言った。

しかしこんな馬鹿なことにも嫌がらずにつき合ってやっているところに、彼女の人柄《ひとがら》が出ているというか……。

「すまん、蛍。こんな馬鹿な事態になるとは思ってなくて……」

「え？　別にいいよ。私も結構楽しいし」

それを聞いて、俺は無性《むしょう》に蛍の将来が心配になった。強くノーと言えない彼女は、その甘い性格につけ込まれて、どうしようもないクズ男に捕《つか》まったりするんじゃなかろうか。

「多分、もうちょっとの辛抱《しんぼう》だからさ。キャラが固まってしまえば、あとはそのキャラを使った絵を描くだけだし」

「夜美ちゃんって納期のある仕事してるんだねえ。すごいなあ」

「仕事……まあ、仕事っていう表現であってるのかな」

「ああ、眼鏡はどうすべきでしょうか！　確実に可愛《かわい》くなるという予感はありますが、いまは大衆に媚《こ》びるべきとき！　眼鏡はいまだ、ニッチ需要《じゅよう》を満たすジャンルの域を出切れていませんからねえ！」

そのとき、夜美が手にした伊達《だて》眼鏡に視線を落として叫んだ。

……まあ、あんな馬鹿に普通の仕事が務まるわけないよな。

「とりあえず、かけてみましょう！　眼鏡はかけ算！　元の素材が可愛《かわい》ければもっと可愛《かわい》くなる魔法のアイテムですからね！」

わりとプレーンに失礼なことを言いながら、夜美は蛍に眼鏡を装着する。

「こ、これは！」

そしてわなわなと震《ふる》え出《だ》す。

「蛍さんに眼鏡が似合っているのか、眼鏡に蛍さんが合っているのかわからないほど！　眼鏡似合う！　眼鏡に合う！」

「うるせえ！」

「決めました！　眼鏡っ子で決まりです！　大衆に媚《こ》びず、むしろ大衆に媚《こ》びさせてこそ魔絵《まえ》師《し》というもの！」

自信満々にそう言って、タブレットにまた何かをさらさらと描き込むと、夜美はふっと笑った。

「……できました。名称ほたりん。趣味は家の裏に広がる森でのキノコ採集」

……キノコ採集だと？　そんなもん想像してくれと言ってるようなもんじゃねえか……。

「たまにキノコ型モンスターに襲《おそ》われてあられもない姿をさらしますが、持ち前のマジカルな幸運で切《き》り抜けてしまう——母性溢《ぼせいあふ》れる眼鏡っ子の森ガール」

「最後にぐいっと属性をつけ加えてきたなあ、君」

「もちろん処女」

それは当たり前だ。

俺は強く頷《うなず》いた。

それから蛍に渡されたタブレットに表示された「ほたりん」を、俺は横目で眺めた。

ファンタジーチックな意匠《いしょう》を加えられたふわりとした服装に、おっとりした眼鏡っ子が包まれている。しばらく息をするのを忘れてしまうほど、惚《ほ》れ惚《ぼ》れするデザインだった。

「蛍……お前、こんなに可愛《かわい》かったんだな……」

「え、ええ？」

蛍が顔を赤らめる。

「二次元でお前に会えていれば、俺はきっとお前に惚《ほ》れていただろう！　残念なのはこの世界がリアルであるということだ！　災《わざわ》いなるかな三次元！　その諸々《もろもろ》の神の像は砕《くだ》けて地に伏《ふ》したり！」

「な、なんで急に聖書が出てくるのよ……」

リリィが素《す》っ頓狂《とんきょう》な声を上げた。

「え、これって聖書なの？　アニメで見てかっこよかったから使っただけなんだけど」

「そんな適当な理由で聖書を引用しないでよ。あれは恐ろしいものなんだから……」

聖書が恐ろしい？　ああ、そう言われてみればこいつらは一応悪魔なわけで。聖のつく類《たぐい》のもの全般は苦手なのかもしれない。

教養があれば、の話だが。

「ヤスはイラスト見ちゃダメって言ったじゃないですか！　どうして見るんです！」

聖書の一節などものともせず、夜美は怒りで顔を真っ赤にして大声を出した。

「え、いや、まだキャラデザの段階だからいいじゃん……」

「何かに繋《つな》がる可能性は全て摘《つ》み取《と》っていないといけないんです！　世のラスボスがそれでどれだけ後悔したか知れませんよ！」

「お前はラスボスの器《うつわ》じゃないから安心してろよ」

「大器晩成の尻上《しりあ》がり型なんですよ、私は！」

「とにかく、キャラデザが終わったら次はイラストだろ？　こんなことやってる暇《ひま》があったら早く描けって……」

するとと夜美はむっとした表情で、ぷいっとそっぽを向いた。

「……じゃあ、忘れないうちに、ヤスのアカウントをブロックしときますか」

「え、ちょっと待って」

夜美が急に変なことを言い出して、俺は慌《あわ》てた。

こいつの描いたイラストが上がるのはツ〇ッターになるだろう。俺は夜美のアカウントをフォローしているので、他者からのリツイートではなく、産地直送の直搾《じかしぼ》りイラストをすぐさま見ることができるはずだった。しかし夜美にブロックされてしまうと、そういうわけにはいかなくなる……。

夜美はジロッと俺を見た。

「……何かまずいことでもあるんですか？　私はあのアカウントにイラストをアップするだけですし、それを見ないつもりのヤスには何の不都合もありませんよね？」

「そ、それはそうだけど……いや、そうだな。うん、大丈夫だ」

俺は冷静になった。いまのアカウントをブロックされたところで、新しいアカウントを作り直せばいいだけではないか。

内心でほくそ笑《え》む。

このアホサキュバスがあ！　俺はてめぇより一枚も二枚も上手《うわて》なんだよ！

「──さて。それじゃいまから夜美はカンヅメね」

リリィがパンと手を鳴らして、場をテキパキと仕切り始めた。

「寝るまでに一枚は描くこと。描いたら、すぐ〇イッターにアップするのよ？　明日の目標は五枚から七枚ね。まあ、夜美のスピードなら余裕でしょうけど」

いままで集欲率が一割のイラストで百枚必要だったとしたら、完全オリジナルキャラの「ほたりん」ならば、単純計算でその十分の一の十枚で済むことになる。

もちろんアカウントに公開してからノルマの締め切りまでの期間が短いことを考えると、もう少し数は必要になるかもしれないが、それでもいまから百枚描くよりは現実的だと思えた。

「さて、蛍はいま描いてる漫画の原稿《げんこう》データ持ってきたんでしょ。手伝ってあげるわ」

「え、いいの？」

「いいわよ。私って、漫画のアシスタントの方が得意なのよ。ベタ塗《ぬ》ったりトーン張ったり。それに、蛍は女キャラを描くためのモデルも必要でしょ？」

「わあ、嬉《うれ》しいな。リリィちゃん、ありがと」

そう言って蛍がにっこり笑うと、リリィは口元をだらしなく緩《ゆる》めた。

「き、気にしないで……私たちの仲じゃない？」

「なあ、俺は何してればいいわけ？」

手をわきわきと動かすリリィの暴走を止める意味合いも兼《か》ねて、俺は訊《たず》ねた。

「……ああ、あんたは買い出しよ。お弁当と明日の朝食、飲み物とあとは栄養ドリンクね」

くるりと振り返り、惜《お》しげもなく万札を渡してくるリリィに、思わずへりくだりそうになってしまう。

それから俺は近くのコンビニまで買い出しに向かった。

一人になると、解放感がすさまじい。

自由はすぐに、俺に二次イラストへの愛を取り戻させた。

スマホを取り出し、ひとまず夜美のアカウントを覗《のぞ》いてみることにする。


『Yomi_Succu さんはあなたをブロックしました』


「けっ！　本当にブロックしてやがる。随分《ずいぶん》と手際《てぎわ》のいいことで……」

でも、こんなことで人の情熱は止められねえんだ。

一旦《いったん》アカウントからログアウトすると、新しいアカウントを作り直す。

そして、堂々と夜美のアカウントにアクセスした。


『このアカウントのツイートは非公開です。Yomi_Succu さんから承認《しょうにん》された場合のみツイートやプロフィールの表示ができます。「フォローする」をタップすると承認リクエストが送信されます』

「――な、何だとおっ⁉」

俺は目を剝《む》いた。

「あ、あの女――アカウントに鍵《かぎ》かけやがった！」

これが人間のすることかよ⁉　いや、あいつ悪魔だけどさ……。

あまりにも残虐《ざんぎゃく》な仕打ちを目《ま》の当《あ》たりにした俺は、初めて夜美が本当に悪魔なのだという実感を得て、背筋にぞくりと冷たいものを感じてしまった。

8

その後、買い出しから帰った俺はリリィの家で過ごすにあたって、いくつか気まずい展開に直面した。

まず風呂《ふろ》だ。それに関しては、三人の後に入ることにした。

三次元の存在とはいえ、自分のあとに女の子が入るのには抵抗《ていこう》があったからだった。

まず蛍が入り、次にリリィが入り、夜美のあとに俺の番になった。

夜美はピンク色のパジャマ姿でリビングに来ると、「……お風呂《ふろ》空《あ》きましたよ」と声をかけてくる。ほんのりと上気した頰《ほお》を見て、俺は何だかドギマギしてしまった。

「え、ああ、ありがとう……」

嫌な沈黙があった。慌《あわ》てて立ち上がり、夜美の横を通り過ぎようというとき、彼女の手が俺に服の袖《そで》を摑《つか》んだ。

「……へへぇ？」

と、変な声が出る。

「……お背中、流してあげましょうか……？」

夜美は恥ずかしそうに目を逸《そ》らしながら、そんなことを言った。

「で、できもしないことを言うんじゃない！　俺の裸を見ただけでカバンを振り回すようなやつがあ！」

「そ、それはそうですけど……リリィがそういうことしてあげれば、ヤスは喜ぶって……」

あの変態の入《い》れ知恵《ぢえ》か！

「だから、あいつの言うことなんて信用するなってば！　いいから早くイラストを描けよ！

いまの俺は、作業のための備品みたいなもんだと思え！　時間がねえんだろ？」

自分で言って泣きそうになっている夜美を振り切り、俺は逃げるようにして浴室に入った。

そこで大きく息を吐《は》く。

そして、湯船にちらりと目をやった。

夜美があんな変なことをするものだから、湯船に浸《つ》かろうという気にはどうしてもなれなかった。

だって、ここにはさっきまで夜美が浸《つ》かっていたわけだし……。

もちろん、恥ずかしいとかそういうことじゃあない。馬鹿がうつってしまわないかと思っただけである！

俺は首をブンブンと振って、頭から冷たいシャワーを被《かぶ》った。

「……ヤス？」

そのとき洗面所から夜美の声がして、俺は飛び上がりそうになった。

「な、何だよ！　お前本当に背中とか流さなくていいからな！　入ってくるなよ！」

「は、入りませんよ！　……その……バスタオル、ここに置いときますから」

「え、あ、ごめん……」

浴室の扉《とびら》の向こうで動く夜美の影《かげ》が、しばらく気になって仕方なかった。

結局、浴室にいても落ち着かず、簡単にシャワーで汗を流しただけですぐ出ることにする。

いましがた用意されたバスタオルで身体《からだ》を拭《ふ》き、家から持ってきていた着替えを身につけて洗面所から出ると、そこでまた夜美が待っていた。

「あの……寝るまで一緒にトランプでもしませんか……？」

顔を赤らめてもじもじしながら、今度はそんなことを言い出す。

「……いや、だからイラストは？」

「もう今日の一枚は描きましたし……せっかくヤスがお泊《とま》りするんですから」

「どうして一枚と言われたら一枚で終わらせるんだ。そんなゆとり思考じゃ、社会に出てから苦労するぞ。言われた仕事をやるだけじゃなく、率先《そっせん》して自分から仕事を探して行け！」

「私は別に社会に出たりしませんよ。サキュバスですから」

「言葉のあやだよ！　時間がある限りイラストを描けって話だ！」

パジャマ姿の夜美は、どうにも俺をまごつかせた。

いつもと違って、どこか無防備な夜美を見て緊張《きんちょう》している——とか、そういうことではもちろんなく、二次元世界に住むあの夜夢ちゃんが、こういう格好をしたら可愛《かわい》いだろうなあ、とか思ったからに過ぎない。他意はない。

脳内翻訳《ほんやく》作業によって、俺は夜美と接していても萌《も》えることができる。そうだ、そういう意味では、こいつの存在も捨てたものじゃない……。

「い、いいから作業に集中しろよ。今日やる気が出ないなら、早めに寝て明日に備えればいいだろ……」

俺はそれ以上そこにいることができなくなって、夜美のもとから逃げ出した。

とはいえ、こんなアウェイ・フィールドではできることなど限られている。

手持《ても》ち無沙汰《ぶさた》から、今度俺は蛍とリリィの様子を見に行った。二人はリリィの部屋で作業をしているはずだった。

「……おーい、調子はどうだ？」

ノックをしても、部屋の中から返事はなかった。

嫌な予感がして咄嗟《とっさ》にドアノブをひねると、鍵《かぎ》がかかっていないことがわかる。

俺はすぐに部屋に踏み込んだ。

そこには、ベッドで横になる蛍と、彼女を膝枕《ひざまくら》しながら目を瞑《つぶ》るリリィがいた。

蛍がすやすやと寝息を立てる一方で、リリィは着ているスウェットの上に盛大《せいだい》な涎《よだれ》を垂らしながら、ときおり「うへへ……」と気味の悪い声を発している。

俺はリリィがやっていることに気づき、さっと青ざめた。

「──おい、てめえ！」

大股《おおまた》で近づいて肩を強く揺すると、リリィがすっと目を開ける。

「……何よ、いいところだったのに……」

ギロリと殺気だった目を向けられ、思わずたじろぐ。

しかし俺は、蛍を守るためと思って勇気を振《ふ》り絞《しぼ》った。

「てめえ、リリィ！　蛍には手を出すなって言ったろ！　それ、変な夢見せてるだろ！」

「変な夢ですって？　あんた、この子の才能になんてことを言うの⁉」

「……は？」

リリィがわけのわからないことを口走り、俺はまたひるんだ。

「私は、夢を欲望に沿って導いてあげただけよ……趣味を知るために、最初はそういう夢を見せてあげるの……ああ、でも蛍の欲望は、それはそれはすばらしい光景に繋《つな》がっていったわ」

「すばらしい光景？」

「酒池肉林《しゅちにくりん》よ。それも女が一切《いっさい》登場しない、男だけの楽園……最初に男がいて、その脇腹《わきばら》の骨から作られたのも男だった。二人が絡《から》み合《あ》ううち、それを木の上で見ていた蛇《へび》が男になって、そこに参加し始めたわ。そして彼《かれ》らの営みを良しとせず、楽園から追い出そうと降臨した神も絡《から》め取られて、欲望の渦《うず》にのみ込まれていった……」

「地獄絵図《じごくえず》じゃねえか。なんだその４Ｐ」

「ここまでのリビドーを、こんな可愛《かわい》い顔の下に隠していたなんてね……」

「え、ああ——そりゃあ蛍は腐女子《ふじょし》だからな。そういう夢にもなるだろ」

別に隠していることでも何でもない。蛍とは高校に入って以来のつき合いだ。お互《たが》いの趣味のことは話しているし、それについていまさらとやかく言うつもりもなかった。

リリィは、うっとりと蛍の寝顔を見つめている。

「……そうだったのね。どうして教えといてくれなかったの？」

「いや、わざわざ話さなくても、何となくわかってだろ？　男描くのはめちゃくちゃ上手《うま》いくせに、女は描けないんだぜ？」

確か蛍は商業向き作品に転向するまでに、そういう漫画を何作か描いているはずだ。怖くて読ませてもらったことはないけれども。

そのとき、リリィが意味深な目つきで俺をちらりと一瞥《いちべつ》した。

「……途中《とちゅう》から、蛍の夢の中にはあんたも出てきたわよ、ヤス」

「え」

「あんたが今日、蛍のことを可愛《かわい》いとかいうから意識しちゃったんじゃない？　純粋《じゅんすい》な女の子の心をかき乱すなんて、悪い男ね」

「いや、かき乱すって。あれはあくまで二次イラストに翻訳《ほんやく》された『ほたりん』が可愛《かわい》いって言っただけだろ？　まったく、別もんじゃねえか……」

「言われた方からしたら、そういう受け止め方はしないいんじゃない？　そう言えばあんたは、夜美をモデルにしたキャラにも、いつも可愛《かわい》い可愛《かわい》いって言ってたけど」

それを聞いて、俺は眉《まゆ》をひそめた。

しばらくリリィの言葉を頭の中で何度も反芻《はんすう》する。

そしてようやくその意味を理解したとき、俺はカァッと顔に血が集まってくるのを感じた。

「え……ひょっとして、夜美のやつは、自分がそう言われたと勘違いしてるんじゃ……？」

「そりゃそうでしょ。言ったじゃない？　夜美の描くキャラと、モデルになった本人はほとんど一緒だって」

「そ、それは欲望収集の点でってことだろうが！　馬っ鹿じゃねえの⁉　リアルと二次元を一緒にするんじゃねえよ！」

「私に言われてもねえ」

リリィは蛍の頭をなでながら、肩をすくめた。

「……それに意外と、あんたの方もまんざらじゃないんじゃない？」

「てめえふざけるんじゃねえぞおおお！　俺が三次元の肉塊《にくかい》なんか可愛《かわい》いと思うかあああ！」

「静かにしなさいよ、蛍が寝てるんだから。大体違うっていうなら、そんなに焦《あせ》らなくてもいいじゃないの」

唇《くちびる》にシッと人差し指を立てるリリィが、次の瞬間ニヤッと笑って、俺は狼狽《うろた》えた。

「――違う！　違うんだって！」

それ以上その場所にいることができず、今度はリリィのもとから逃げ出してしまう。

胸《むね》の奥で、心臓の音がうるさいほど鳴《な》り響《ひび》いている……。

廊下《ろうか》をよろよろと進むうち、夜美があの二次元キャラの話をするときにもじもじするのを思い出して、死にたくなった。

「違う……誤解なんだ……俺は夜夢ちゃんが可愛《かわい》いと言ってただけで……それだけで……」

リビングに行くと、一人で夜美がトランプタワーで遊んでいた。

「あ、ヤス！　あと一段で新記録ですよ！　いまさら協力しようとしても遅いですからね！」

「誤解なんだあああ！　うわあああああ！」

「あああ、何やってるんですかあああ！　せっかくここまで積み上げたのにいいいい！」

混乱した俺がトランプタワーに突っ込むと、夜美は頭を抱《かか》えて絶叫《ぜっきょう》した。

第四章 リアルサバトと色欲さまの一声

1

カンヅメの成果もあって、夜美《よみ》はなんとか今月のノルマを乗り切ったようだった。

俺は仕上がったイラストを確認できていなかったが、どうやら二日目の夜までに夜美は十五枚ほど「ほたりん」のエロイラストを仕上げ、ツイ〇ターアカウントにアップしたらしい。

しばらく更新を止めていたとはいえ、夜美のアカウントには、まだ二十万を超《こ》えるフォロワーがいた。確か以前までは、そこにアップされるイラストの平均リツイート数はおよそ一～二万、平均いいね数は二～三万ほどだったはずだ。わりと物凄《ものすご》い拡散力である。

「くっくっく……さあ、養分たちよ。大悪魔たる私に欲望を寄こすのです……」

「俺もその養分の仲間にいれてくれ！」

「――ダメ！　もう、しつこいですね！」

イラストがアップされるたび、俺と夜美はそんなやりとりをしていた。

また、リリィはといえば、蛍《ほたる》の作業を手伝うのに一層の熱がこもった様子で、何も事情を知らずにいる蛍《ほたる》をしばしば困惑《こんわく》させていた。

俺は一度家に戻って、昔しつこい勧誘《かんゆう》が強引《ごういん》に渡してきたポケットサイズの聖書を二冊持ってきて、一冊を蛍に渡した。そして、あまりにリリィがキモいときは、その本を朗読するように伝えておく。気休め程度だけれども、それで邪悪《じゃあく》なる変態を少しでも退けることができるかもしれないと思ったから。

――そうして三連休の最終日、俺は長い刑期《けいき》を終えた囚人《しゅうじん》はこんな気持ちなんだろうか、とか考えながら、来客部屋でごそごそと帰《かえ》り支度《じたく》をしていた。蛍が先ほど二人に礼を言って帰ったので、俺もようやく憂《うれ》いなくこのサキュバスどもの巣窟《そうくつ》から逃げ出すことができる。

このカンヅメ中は気まずいことも色々あったが、全てを誤魔《ごま》化《か》し、なだめすかして事なきを得た。俺は自分の手腕《しゅわん》を褒《ほ》め称《たた》えてやりたい気持ちでいっぱいだった。

「ヤス、ちょっと」

呼ばれて振り返ると、夜美が入り口から部屋を覗《のぞ》き込《こ》んでいるのがわかった。

「何だよ？」

手招きされるまま、廊下《ろうか》に出る。

夜美は頬《ほお》をほんのりと染めながら、いつものドヤ顔を浮《う》かべた。

「ヤスのおかげで私は危機を乗り越えることができました。もともとはヤスのせいとはいえ、その働きには報《むく》いようと思います」

「へいへい。だったらブロックを解除するか、アカウントの鍵《かぎ》を解除してくれ」

「それはできませんけど……はい、これ」

夜美は意を決した顔で、背中に隠していたものを差し出してくる。

それはA4サイズ用のファイルだった。

俺はファイルを受け取って、おもむろに開いてみた。

「こ、こいつは——!?」

「……これまで描き溜《た》めていた夜夢《よむ》ちゃんのえっちなイラストを全部プリントアウトしておきました。い、言っておきますけど、これをスキャンしてネットにアップしたりするのはダメですからね……？　あくまでヤスが見るだけですから……」

そう言って、夜美はもじもじし始める。

「え、いいの……？　これ、もらって？」

「……はい。ヤスを信用します」

メイド服姿の夜夢ちゃんイラスト本は、俺の心に燃え上がるような熱い衝動《しょうどう》を引き起した。

机の上に頰杖《ほおづえ》をつき、胸元にできた谷間をこちらに見せつけてくる夜夢ちゃん……。

メイド服をはだけさせたままベッドに横になり、無防備にお腹《なか》を晒《さら》す夜夢ちゃん……。

しかしそれらのイラストの先に、モデルとなった夜美の姿が見えてしまって狼狽《うろた》えた。

思えば、初めてデートに行った日に買ったメイド服を着た夜美と、ここに描かれた夜夢ちゃんはそっくりではないか……。

俺は夜夢ちゃんのイラストを純粋《じゅんすい》な目で見られなくなっていることに気づいて、形容できない焦《あせ》りを覚えてしまった。

「こ、これは受け取れない！」

俺はイラストから目を逸《そ》らしてファイルを閉じると、夜美につき返した。

「どうしてです……？　私の描いたイラスト、気に入りませんか……？」

「そ、そういうわけじゃない！　でも——でも、そりゃあ、お前、こんな荒くプリントアウトしたイラスト本なんて、元のイラストに失礼だからに決まってるだろ！　ああ、せめてもっと高クオリティで印刷されてればなあ！」

すると、夜美がきゅっと眉《まゆ》を吊《つ》り上《あ》げた。

「そんなの家のプリンターじゃ無理ですよ！　印刷屋さんにでも頼まないと！」

「とにかく、このファイルは俺に相応《ふさわ》しくないんだよ！　俺は求道者《きゅうどうしゃ》なんだ！　二次イラストにおいて、妥協《だきょう》することは許されない！」

「じゃあ、綺麗《きれい》に印刷されていればいいんですよね？　このあいだの同人誌のときの印刷屋さんに頼みますから！」

「え、いや、そんなことまでしてもらうのは悪いし……」

「世界に一冊しかない《夜月花堂《よづきばなどう》》の同人誌ですよ？」

世界に一冊と聞いて、俺はごくりと喉《のど》を鳴らした。いままでの俺なら、泣いてむしゃぶりつくくらいのことをしていただろう。

しかし、いまとなってはそれを手放しで喜べなくなっている……。せめて他のキャラだったら……。

「ま、まあ、ものを見てみないことにはな……」

「ふっふん、期待していてください。ヤスなんていちころですから」

そのとき、ずっと気になっていることがあった俺は、いい機会だと思って夜美に訊《たず》ねた。

「……なあ、お前ってサキュバスとしては落ちこぼれだけど、ちゃんと人の欲望とかはわかるんだよな？　サキュバスとしては落ちこぼれだけど」

「……なんで二回言ったんです？」

夜美は不服そうにくいっと片眉《かたまゆ》を上げてから、またすぐにドヤ顔になる。

「そりゃあ、わかりますとも！　蛇《へび》に熱を感知するピット器官があるように、サキュバスには人のえっちな気持ちを感知する器官があるんです！　人呼んで色欲《ラスト》器官！」

「じゃあ、俺のそれもわかったりしてるわけ……？」

「ヤスのやつですか？　それはわからないですけど……」

「わからない？」

するとﾞ、夜美はまたカァッと顔を赤らめた。

「ああ、違います！　わからないというわけではなくて、その……わからなくなったというか……ち、違うんです！　やっぱり、いまの発言はなしで！」

夜美があたふたと手を振り回してから押《お》し黙《だま》り、しばらく気まずい沈黙があった。

ただ俺は、夜美が俺のそういう感情を感知できないという言葉を聞いて、何となく安心してしまう自分がいることにも気づいていた。

サキュバスに人の情欲を感知する器官があるとしても、それを働かせるためには何か条件があるのかもしれない……。だとしたら、夜美にだけはその条件を満たさせるわけにはいかないと思った。

沈黙は続く。次第《しだい》に、なぜこんな質問をしてしまったのかと俺が後悔し始めたとき、ピンポーンと家のインターフォンが鳴《な》り響《ひび》いた。

「ら、来客のようですねぇ！」

「そ、そうだなあ！」

俺たちは阿吽《あうん》の呼吸で空気を誤魔化《ごまか》し合いながら、どちらからともいわずに玄関の方に向かった。

リリィが玄関のドアを開き、誰かを対応しているようだった。

どうも相手は女性らしい。ヒステリックな甲高《かんだか》い声が聞こえてきたとき、隣で夜美がハッと息を呑《の》むのがわかった。

「あれ、どうかした？」

「い、いえ……別に……」

夜美の表情は一瞬にして青ざめている。

「ほら見ろ、夜美いるじゃん！　リリィ、アタシに嘘吐《うそつ》くとかいい度胸してるな！」

ヒステリックな声の主《ぬし》は、まだ幼い顔立ちの少女だった。リリィの身体《からだ》の向こうから家の中を覗《のぞ》き込《こ》み、こっちを指差している。

俺はその少女を見て、おやっと思った。どこかで、見覚えがあると思ったからだ。

「——せ、先輩じゃないっすかああ！　うわあ、嬉《うれ》しいっす！　わざわざこんなところまでご足労いただいて、自分感動っす！」

そのとき、夜美がいきなりわざとらしい笑顔になり、揉《も》み手《で》をしながらへこへこと頭を下げ始めた。

「はあ？　先輩？」

「いまは聞かないでくださいよ……！　サキュバス界には、人間たちでいうところの、古臭《ふるくさ》い体育会系の縦社会を良しとする文化が根づいているんですよ……！」

夜美は必死の形相《ぎょうそう》を浮《う》かべ、ひそひそと囁《ささや》いた。

「ほら、どけよ、リリィ！」

どんとリリィの身体《からだ》を押すと、その少女は家の中に上がり込んでくる。彼女は玄関で靴《くつ》を脱ぐと、しゃがんでそれをきちんと揃《そろ》えてから……さっと振り向いた。

「――おい、てめえ、夜美ィ！」

「は、はいいい！」

甲高《かんだか》い声で名前を呼ばれて、夜美が直立不動の姿勢を取る。

「どういうつもりだよ？　これで今年に入って四回目だろーが！　もうリリィは肩代《かたが》わりできねえはずだろ！」

「それにつきましては、色々と事情がありまして……」

「おい、てめえ自分の立場わかってんのかよ？　アタシたちが守ってやってるから、他のサキュバスはてめえに手を出さねえんだぞ？　だったら、きっちりと払うもんは払わねえといけねえんじゃねえのか？」

少女が夜美に近づき、胸《むな》ぐらをぐいと掴《つか》んだ。

それを見た俺は思わずカッとなり、彼女の腕を掴《つか》んで払いのけた。

「――あ？　何だてめえ……」

「お前こそ何だ！　いきなり人の家にずかずか乗り込んできて、ぶしつけにもほどがあるだろ！」

「おい、こいつはお前の奴隷《どれい》か、リリィ？」

少女が振り返り、リリィに声をかけた。

「いえ、違うわ……違うけど……」

「はっきり言えよ！　こいつは誰の許可を得てここにいやがるってんだ！」

「わ、私です！　ヤスは私の恋人ですから！」

夜美が一歩前に踏み出し、俺を庇《かば》うように両手を広げた。

「はあ？　男が苦手なてめえが、恋人だと？」

「そ、そうですよ。いけませんか……？」

「いけねえに決まってるだろ！　アタシですら、恋人といっていい男はいたことねえんだぞ！　生意気にもほどがあるだろ！」

「それは先輩の性格に問題があるんじゃないですかね……？」

「何か言ったか、てめえ！」

「何でもありません！」

恫喝《どうかつ》されて、またピンと背筋を伸ばす夜美。

俺はイライラして、夜美をぐいとどかした。身体《からだ》に触れたとき、彼女はビクリと小さく震《ふる》えたけれど、いまはそれを気にしている余裕がなかった。

「……あんた、誰だよ？」

俺は、少女への敵意を隠さずに訊《たず》ねた。

「ああ？　それが人にものを訊《たず》ねる態度かよ？　人の名前を訊《き》くときは、自分から名乗るのが筋だってママから教わらなかったか？」

「教わってねえよ」

「アタシは教わったけど」

「ママから？」

「うん、ママから」

――なんだこいつ。自分のおかんをママ呼ばわりする少女を、俺はじろじろと見つめた。

「――なにガン飛ばしてんだ、てめえ！　いいから、さっさと名乗れよ！」

「……うるせえな。俺はヤスだよ。二次萌《も》えクソ野郎のヤスと呼ばれている」

「なんだよ、その二《ふた》つ名《な》……お前いじめられてんのかよ……」

少女は一瞬同情的な目を俺に向けたが、すぐに居丈高《いたけだか》な態度に戻った。

「……おい、ヤス。夜美と一緒にいるってことは、アタシたちのことは知ってるんだろ？」

「サキュバスだろ？」

そんなことくらいは、流石《さすが》に予想がつく。

「何だ、わかってるじゃん。じゃあアタシが、人間の男風情《ふぜい》が逆らっちゃいけない存在だってことくらいわかるはずだぜ。アタシはな、サキュバスカーストの上位サキュバスにして、名家サキュバムート家の一人娘《ひとりむすめ》――パルム・サキュバムートさまなのよ！」

少女は宣言するように言って、胸を張る。

――いや、誰だよ、と俺は思った。

2

シンと場が静まり返っている。

俺はきょろきょろと辺りを見回した。パルム・サキュバムート？ 誰それ、偉《えら》いの？

「……サバトたそのモデルになってるサキュバスですよ」

ぼそりと夜美がつけ加えた注釈《ちゅうしゃく》を聞き、俺は驚愕《きょうがく》した。

「な、なんだとおおおおお!?」

「え、何か反応が遅かったような気がしたんだけど……ちゃんとアタシの凄《すご》さ伝わってる？」

「うわあああああ、本当だあああああ！ この肉塊《にくかい》には何となくサバトたその特徴《とくちょう》が備わってるうううううう！」

つり上がった目と、八重歯《やえば》。外にはねた癖《くせ》っ毛《け》。どくろの髪留めと左右で色が異なったピアス。さらに露出《ろしゅつ》の多いラバー基調の服装なんて、確かにサバトたそのまんまではないか。

「ひいいいいいい！ 中の人が前面に出てくるとか、誰も得しないからやめてくれよマジでえええええ！ 夢と幻想《げんそう》を打《う》ち砕《くだ》かれただああああああ！ 処理をミスったアイドルの無駄毛を見せられてる気分だあああああ！」

「な、なんだこいつ⁉　人をいきなり夢とか幻想《げんそう》とかアイドルとか言いやがって！」

「無駄毛って言ってるんだよおおおおお！」

俺は膝《ひざ》から崩《くず》れ落《お》ち、廊下《ろうか》の床《ゆか》をドンドンと力強く叩《たた》いた。

災《わざわ》いなるかな三次元！　その諸々《もろもろ》の神の像は砕《くだ》けて地に伏《ふ》したり！

「と、とにかくよお！　アタシがすごいサキュバスだってことはわかっただろ！　わかったら引っ込んでろ！」

リアルサバトたそことパルムは、俺に向かって吐《は》き捨《す》てるように言ってから、また夜美に詰《つ》め寄《よ》った。

「……てめえ、なんで今月アタシの絵を描かなかった？」

「で、ですから事情がありまして……」

「どんな事情だよ？」

「時間がなかったんです……それで、一割の集欲率じゃ追いつかなくなっちゃって……」

「時間がなかっただあ？　じゃあ、ノルマは達成できなかったのか？」

「……いえ、しました、一応」

「どうやって？　まさか男から直接『搾欲《さくよく》』できるようになったわけじゃねえよな？」

質問する度《たび》にパルムは夜美に顔を近づけ、反対に夜美はのけぞるようにしてパルムから顔を遠ざけていく。

「その……サキュバス以外の女の子をモデルにしたキャラのイラストを描きました。ほ、他のサキュバスが権利を主張できないキャラを……」

「なんだとお⁉　ふざけてんじゃねえぞ、てめえ！」

パルムは夜美の身体《からだ》をドンと突き飛ばした。

「そりゃ、アタシたちに逆らおうってことか⁉　てめえをいままで守ってきてやったのは誰だと思ってるんだ⁉　本当なら、てめえみたいな落ちこぼれは、とっくに快楽地獄《かいらくじごく》に送られて廃《はい》サキュバスになっててもおかしくねえんだぞ！」

「ちょっとやめなさいよ、パルム！」

「アタシに意見するんじゃねえ！　ちょっと色欲さまに気に入られてるからって、調子に乗りやがって！」

自分を止めようとしたリリィを、パルムが憎々《にくにく》しげに恫喝《どうかつ》した。

彼女の瞳がきらりと光ったかと思うと、リリィは顔を真っ赤にして震《ふる》え出《だ》す。それからぺたんと廊下《ろうか》に尻餅《しりもち》をつき、悩ましい呻《うめ》き声《ごえ》を上げた。

「う、ううぅっん……」

「いい気味だぜ、リリィ！　身分が同じになっただけで、アタシと同格になれた気でいたのかよ？　そこでしばらく快楽に悶《もだ》えてな！」

「くっ……私が女の子に欲情できるばっかりに……」

リリィは足のつけ根をごそごそとまさぐりながら、悔《くや》しそうに吐息《といき》を漏《も》らす。

「……さて、次は夜美、てめえの番だぜ……」

パルムは嗜虐《しぎゃく》的な笑《え》みを浮《う》かべ、夜美の胸《むな》ぐらを摑《つか》んだ。

「わあああ、せ、先輩、ごめんなさい！　私が全面的に悪かったです！」

「そんなことはわかってんだよ。悪いことをしたから罰《ばつ》を受けるんだ。当然だろ？」

「──待てぇ！」

ついに見過ごせなくなって、俺は大声を出した。

「──サバトたそはそんなこと言わないだろ！」

「……は？」

パルムに殺気立った目を向けられても、俺はひるまなかった。

「お前は俺を裏切った！　いままでの俺の情熱をな！　どうしてくれるってんだ、ああ⁉」

「な、なんだこいつ……」

「こんなもん詐欺《さぎ》だ！　パネルではやたら可愛《かわい》い顔をしているくせに、実際に会ったら不細工だったたっていうパターンと同じじゃないか！　フォトショマジックもいい加減にしろ！」

「さっきから、何わけのわからねえこと言ってやがる！」

パルムは夜美から手を離して俺に向き直ると、ニヤリと口《くち》の端《はし》を上げて笑った。

「そうだ……てめえは夜美の恋人だってな？」

「それがどうした？」

「いいことを思いついた。こいつを貰《もら》うことにするぜ、夜美。それがてめえへの罰《ばつ》だ。アタシの虜《とりこ》になったこいつを見せてやる」

「ま、待ってください、先輩！　それだけはダメです！　他のものなら何だってあげますから、ヤスだけはダメ！」

「うるせえ！　何度言っても、てめえはずっと駄目サキュバスのままじゃねえか！　たまには誰かが、きちんと教育してやらねえとなあ！」

すがりつく夜美を、パルムは蹴飛《けと》ばした。

「きゃっ……！」

と短く叫んで、夜美が尻餅《しりもち》をつく。

それを見て、俺はカッとなった。

「――てめえ、このクソアマ！　夜美に何しやがる！」

「へっ、そうやって粋《いき》がってられるのも、いまのうちだぜ？　この世は結局、男と女……その男側に生まれたことを後悔するんだな！」

パルムの瞳が怪《あや》しく光った。

それから彼女はニヤリと笑い、俺の方に足を伸ばしてくる。

「……ハッハッハ！　今日からアタシがお前のご主人さまだぜ。ほら、這《は》いつくばって足を舐《な》めろ！」

「俺は女に手を上げたりしねえ！　でもな、お前たちが苦手なもんくらい知ってるんだ！　ほら見やがれ、聖書だ！」

俺は家から持ってきていたポケット聖書を取り出して、びしりと天に掲《かか》げた。

「あ、あれ……なんでこいつ催淫《さいいん》にかからねえんだ……？」

「ほれほれえ！　聖書だぞ！　恐れおののきやがれ！」

「ちょ、ちょっと手加減し過ぎたみてえだな……」

パルムは今度手を伸ばし、俺の顎《あご》をガシリと掴《つか》んだ。

そして、逆の手で自分の唇《くちびる》に手をやり、チュッと投げキッスを飛ばしてくる。

「ったく、恥ずかしいことさせやがって……でも、今度こそ完全に――」

「読むぞ⁉　いいのか、聖書を開いて中の文章を読み上げるぞ⁉　謝《あやま》るならいまのうちだからな⁉」

「――な、何いぃ⁉」

パルムがついに後ずさり、俺は聖書から放たれる威光《いこう》を感じた。

やった！　やっぱりサキュバスに聖書は効くぞ！

「こ、こいつどうして催淫《さいいん》されない⁉」

「ヤスにそんなことしても無駄よ、パルム……そいつは二次元至上主義の異常者……はあ、はあ……ううっん……だ、だから、リアルに興味はないわ……」

リリィが、嬌声混《きょうせいま》じりの言葉を発する。

「リアルに興味がない？　そ、そんな異常者がこの世に存在していいのか……？」

「……俺はいま神の言葉を握っていて、心安らかだ。自分の罪を認めて去るというのなら、これ以上痛めつけようとは思わない。夜美に乱暴したことを謝《あやま》れ」

俺が聖書とともにずいっとすごむと、パルムは顔を青ざめさせた。

「こ、来ないで、この変質者！」

「謝《あやま》れ！」

「ご、ごめんなさい！　アタシが悪かったから、お願いだから近寄らないで！」

「俺に謝《あやま》ってどうする！　夜美に謝《あやま》れ！」

俺は、傍《そば》で尻餅《しりもち》をついたままの夜美を手で示した。

「大体、先輩だか何か知らないが、お前は夜美がいままでどれだけ頑張っていたか知らないだろ！　それなのに、頭ごなしに勝手なことばっかり言いやがって！」

後ずさるパルムを壁《かべ》まで追《お》い詰《つ》めると、彼女は涙目《なみだめ》になっていた。

「……だって、そいつは駄目サキュバスなんだもん……みんなが普通にできることもできないし……馬鹿にされて当然じゃん……」

「駄目じゃねえ！　最初からできることをただやるなんて、誰にだってできるんだよ！　できねえことを頑張ってできるようになろうとしてる方が、よっぽど立派じゃねえか！　夜美はちょっとずつだけど、苦手な男を克服《こくふく》できてるんだよ！　俺に触られても我慢できるようになったし、自分から触れるようにもなった！　夜美のそんな苦労が、てめえにわかるってのか！」

言っているうちに、俺はまた怒りで頭が沸騰《ふっとう》しそうになっていた。こいつがどんなに大層なやつだったとしても、夜美を軽々しく扱ったり、馬鹿にしたりするのは許せなかった。

「だいたい、夜美に劣等感《れっとうかん》を植えつけてるのはてめえらじゃねえか！　夜美は自分にできる方法で、きちんと物事やりくりしようとしたんだろ！　それをてめえらがルールだ何だって一方的に決めて、夜美の努力を横からかすめ取ろうとしたんじゃねえか！　何が駄目サキュバスだ！　こいつを勝手に落ちこぼれ扱いするんじゃねえ！」

「な、何なんだよ、お前ぇぇ……」

パルムの目からぽろぽろと涙がこぼれ落ちるのを見て、俺はハッと我に返った。

「あ、ごめん……俺は何も、そこまで追《お》い詰《つ》めようと思ったわけじゃ……」

「うわあああああん！　ママに言いつけてやるうううう！」

パルムは俺を突き飛ばし、脱兎《だっと》のごとく廊下《ろうか》を走っていく。そして、玄関で腰を下ろしてもたもたと靴《くつ》を履《は》いてから、くるりと振り返った。

「お、覚えておけよ、ヤス！　てめえがいくら異常者でも、ママに頼んだら一発で骨抜《ほねぬ》きにされるんだからな！　快楽地獄《かいらくじごく》へ叩《たた》き落《お》としてやる！」

玄関のドアがバタンと閉じられてから、その場には台風が過ぎ去ったあとのような静寂《せいじゃく》があった。

「……危機は去った。神の勝利だ」

俺はぼそりと言って、二人のサキュバスを振り返った。

しかしそのとき俺は、まったく危機が去っていないことを悟《さと》った。いや正確に言うと、一つの危機は確かに去ったが、まったく別の危機が新しく生まれていることを悟った。

彼女のその表情を見て、たったいま自分が勢いに任せて、何を言ってしまったのかを思い出したのだ……。

「……ヤス？」

そこには、顔を真っ赤にして、俺の方をじっと見つめる夜美の姿があった。

3

俺は咄嗟《とっさ》に拳《こぶし》を振り上げ、いまだ冷めやらぬ怒りに心を占領《せんりょう》されているふりをした。

「な、なんなんだ、あいつは⁉　いきなりやってきて、みかじめ料的なことをどうのこうの！　お前はヤクザか何かかっての！　まったくあんな女をモデルにしたキャラに萌《も》えていたとか、自分が恥ずかしいぜ！」

それから俺は素早《すばや》く来客部屋に戻って、先ほどまとめていた自分の荷物を担《かつ》ぐと、そそくさと玄関に向かった。

「……じゃ、俺は帰るんで」

「ま、待ってください！　いまスルーしちゃいけない話があったでしょう！」

夜美が追ってきて、俺の荷物をぐいと引っ張った。

「は、離せえ！　俺は深く傷ついた！　サバトたそに開けられた心の穴が悲鳴を上げてるんだよお！　だからもう帰るんだよお！」

「さっきヤスは私のことを褒《ほ》めましたよね⁉　ねえ、褒めましたよね⁉」

「うるせえ！　そんなもん、あのパルムとかいうやつが気に入らねえから言っただけの建前に決まってるだろうが！」

「嘘《うそ》だあ！　私が頑張り屋さんだってことに気づいたんでしょう！　そうですよ、私は日々できないことに挑戦《ちょうせん》しようとしているチャレンジャーなんですよ！」

「あ、いま台無しになったあ！　はい、台無しになりましたあ！　努力は自分で言うものじゃありませええん！　お前に失望したから、もう帰る！」

「あんたたち、いまはそんなことしてる場合じゃないでしょ……」

そのときリリィが俺たちの間に入ったが、いまの俺にはそんな彼女が女神《めがみ》のように見えた。

「そうだな、こんなことをしている場合ではない。俺は少し長居し過ぎたようだ……じゃ、帰ります」

「だから、機を見て帰ろうとしないでくださいよ！」

「そこは夜美の言うとおりよ、ヤス。いま帰るのは止《や》めておいた方がいいわ」

「——お前はどっちの味方なんだよお！」

俺はリリィに食ってかかった。

「もちろん、あんたの味方よ。死にたくなかったら、しばらくここにいることね。ここには少なくとも私たちがいて、あんたを守ることくらいはできるわけだから」

リリィが静かな声色《こわいろ》で言うのを聞いて、俺は眉《まゆ》をひそめた。

「え、死にたく……？」

「パルムを敵に回して無事でいられると思わないことね」

「……ちょっと待って。それ、わりとガチな話？」

「ガチよ」

と、真剣《しんけん》な顔でリリィは頷《うなず》く。

「……あの子の母親はサキュバス界でも有数の権力者よ。こないだ話した夜美のイラストに関わる法整備も、サキュバムート家の取りまとめで可能になったようなものなんだから。もちろん、それを笠《かさ》に着てパルムは夜美をいいように扱ってるんだけど」

「あいつ、ママがどうとか言ってたけど、そんなやばいおかんだったのか……」

「そうよ。婚期《こんき》が遅れてようやくできた一人娘《ひとりむすめ》だからって、パルムは溺愛《できあい》されてたてね。小等部でも、母親の権力を盾《たて》に我儘《わがまま》放題だったわ」

「ええ……サキュバスみたいに淫《みだ》らなやつらでも、婚期《こんき》が遅れるとかあるわけ？」

俺の中では、性にオープンなやつらはすぐパートナーを見つけて結婚するイメージがあったんですけど。

「結婚が遅くなるなんて、しょっちゅうよ。みんなプライドが高いの。人間の男はみんな奴隷《どれい》だって考えてるサキュバスが多いから、大抵《たいてい》はインキュバスと結婚するわ。でもそっちもプライドが高いから、なかなか話がまとまらないってわけ」

「その話じゃ、人間と結婚するやつもいるのか？」

「そうね。サキュバスはきちんと餌《えさ》とパートナーをわけて考えられるから、相手が相応《ふさわ》しい相手だって気づいたら、人間だろうと結婚するわね」

「わけて考えられるとか嘘《うそ》だろ。お前とか見てると、わりと見境なしに見えるんだけど……」

「本当に誰かを好きになっちゃったら、きちんと分別《ふんべつ》を持つわよ。相手がそうだって、はっきりわかるの。こういうの、恋《こい》は盲目っていうのかしら？　サキュバスには色欲器官《ラスト》っていう人の情欲を感知する器官があるんだけどね」

リリィは自分の頭の横で指をくるくると回しながら続けた。

「誰かを好きになっちゃうと、色欲器官《ラスト》が馬鹿になっちゃうの。その相手の情欲を感知できなくなるのよ」

「……へ？」

と、俺の喉《のど》を通って出てきた声は、裏返って変になっていた。

「明確でしょ？　ああ、自分はこの人が好きなんだってわかるわけ。もちろん、それで『搾《さく》欲《よく》』ができないってわけじゃないのよ？　欲望は自動的に色欲《しきよく》さまのところへ送られちゃうから、自分がその人からどれだけ情欲を吸い上げたかわからなくなるってだけ……」

説明の最後の方を、俺はほとんど聞いていなかった。

どうにも看過できないところがあり、そこに意識の大部分を持って行かれていたからだ。

——誰かを好きになると、色欲器官《ラスト》が馬鹿になる？

——その相手の情欲を感知できなくなるだって？

俺の頭にあったのは、さっき夜美が俺の情欲の動きについて「わからない」と言っていたことだった。

そりゃ、いったいどういうことだ？

考えようによっては、そいつはつまり……。

俺はちらりと夜美を見た。夜美も俺を見ていて、視線が交錯《こうさく》する。

途端《とたん》に、夜美はボンッと音でも出そうな勢いで顔を真っ赤にした。

「——か、帰れえええ！」

荷物ごしに俺をぐいぐいと押し、夜美は先ほどとまったく真逆のことを言い始めた。

「お、おい、夜美……？」

「は、話すことなんて何もありませんよ！　帰りたいんでしょう⁉　じゃあ、帰ったらいいじゃないですかあああ！」

「ちょっと、夜美！　いまヤスを守れるのは私たちしかいないのよ？　ヤスにはここにいてもらうしかないわ！」

「知らない！　知らない！　ヤスがどうなったって、私には関係ありませんから……」

最後の方は消え入りそうで、ほとんど言葉になっていない。夜美の目は潤《うる》んでいた。

「ヤスなんていなくなっちゃえばいいんです……え、演技なんですから。私たちはそういうふりをしてたんです……恋人のふりをしてただけなんですから……」

そう言いながら、夜美はよろよろと後ずさった。

「——うわあああああああああああああ！」

一際《ひときわ》大きな声で叫ぶと、廊下《ろうか》を駆《か》けて行って自分の部屋のドアをバタンと閉め切ってしまう。

「……ちなみに、私は夜美の欲望を感知できないわ。あの子が好きだから」

「それ、いま言う必要あった……？」

リリィがぼそりと漏《も》らした言葉に、一応の突っ込みを入れておく。

するとリリィは、俺の方を見てニヤリと意味深な笑《え》みを浮《う》かべた。

「でも、あんたのそういう感情なら手に取るようにわかるわ。二次イラストに欲情する変態」

「……ほっとけ」

「でも、最近はそれだけってわけでもなさそうだけどね」

「はあ？」

「とぼけちゃって。わかってるのよ？」

リリィがすっと目を細める。

「最近、誰かさんを見て、そういう気持ちになってるでしょ？」

「な、何の話だよ……」

嫌な予感がして後ずさる。しかし後ろには玄関のドアがあり、逃げ場はなかった。

俺の目の前で、リリィが着ているパーカーのジップをゆっくりと下ろしていく。

薄手《うすで》の白いシャツに包まれた豊かな胸が、解放の雄《お》たけびを上げるかのようにゆっさりと揺れた。

それを見て、俺は自分のトラウマを思い出した——刹那《せつな》、自分の中で湧《わ》き起《お》こりそうになっていた意気が、消沈《しょうちん》していくのを感じる。

「……ほら、あんたはいまそういう気持ちになってない。学校でもずっとそう。あんなに可愛《かわい》い蛍と、部室に二人っきりでいてもケロッとしてる。さっきのパルムの催淫《さいいん》だってものともしなかった」

「……当たり前だ。俺は肉塊《にくかい》なんかに欲情しない」

正確に言うと、欲情できない。

「でも、あの子がふいに可愛《かわい》らしい仕草をするときだけ話が変わってくるわ。この三日間、あんたはドギマギしっぱなしだった。普段見られないような、無防備な姿のあの子をたくさん見られたものね？」

「——お、お前が何を言ってるのかさっぱりだあ！　俺は悪魔の言うことになんて、耳を傾《かたむ》けねえ！」

誤魔化《ごまか》すように、俺は大声を出した。

そう言えば、こいつはずっとどこかわけ知り顔だったな、と思いながら……。

「どうしてそう素直《すなお》になれないの？　あんた、夜美が好きなんでしょ？」

そんなリリィの言葉は、俺をギクリとさせるのに十分だった。

4
「人を好きになることって、全然恥ずかしいことじゃないわ。それに、好きな人を見てそういう気持ちになるのも仕方ないことよ。生物はそうやって繁栄《はんえい》してきたんだし」

「ま、まだそんなことを言うのか！　これでも食らって大人しくしてろ！」

慌《あわ》ててポケット聖書を取り出して天に掲《かか》げると、リリィはやれやれと肩をすくめる。

「あのね、ヤス。それ、別にサキュバスに直接的な効果があるってわけじゃないわよ？」

「え？」

「知識として嫌いってだけ。教会とか悪魔《あくま》狩《が》りとか、そういう歴史を学ぶうちに嫌いになったってだけよ。我慢できないような苦痛が走るとか、そういうわけじゃないの」

「でもさっきパルムのやつはこれで撃退《げきたい》できたけど……」

「馬鹿ね。あの子は自分になびかない人間がいるってことに驚いただけよ。のちのち冷静になって、ただ催淫《さいいん》できないだけだってわかったら、あんたに対抗《たいこう》する方法なんていくらでもあることに気づくわ」

「そうなのか……」

「そうよ。とにかく、あんたはいま危険な状態にあるのよ。この家を覆《おお》うように淫魔《いんま》祓《ばら》いの結界を張るから、絶対にここから出ないこと。いいわね？」

「そんなの張って、お前とか夜美は大丈夫なわけ？」

「私は上級サキュバスよ？　条件を付与《ふよ》した結界を張るくらいわけはないわ」

あの低級サキュバスとはえらい違いだな。お前ら本当に同じ生き物かよ……。

「……ちなみに、姿を消したりとかできたりしないか？」

「できるに決まってるでしょ」

冗談《じょうだん》で訊《たず》ねたにもかかわらず、リリィが頷《うなず》いてずっこけそうになる。

「──できんのかよ！　夜美のやつは『いかにサキュバスといえど、そんなことはムリムリかたつむり』とかドヤ顔で語ってたぞ！」

「夜美には教えてないもの。そんなことをしたら、無防備なあの子の姿を視姦《しかん》できなくなるでしょ？」

何を馬鹿なことをとでも言わんばかりに、リリィは首を傾《かし》げる。

「それにしたって、あんたたちのバカップルぶりは最高だったわ。あれが見られなくなるのは私にとっても大きな損失なのよ。私はこれから仲間をあたって協力者を募《つの》ってくるから、あんたはここで夜美と大人しく待ってなさい」

「バカップルって。別にあいつとはそういう関係じゃないし……」

「隙《すき》あらば押し倒してもいいから」

「――そんなことするかあ！」

俺はドギマギして叫んだ。

「……てか、協力してくれるやつとかいんのかよ？　パルムのサキュバムート家だっけか？　相当やばい権力を持ったやつらなんだろ？」

「そうね。でも、クロ先輩とかはきっと力を貸してくれるはずだわ。パルムが夜美のことで勝手をすると、あの方にも損失が生じるわけだから……」

「クロ先輩？　それ、サキュバス界の実力者か？」

俺は期待を込めて訊《たず》ねた。

「クロウリア・ローリング。齢《よわい》三歳《さんさい》にして力に覚醒《かくせい》し、周りにいた百人以上の男を一瞬にしてロリコンに目覚めさせた生粋《きっすい》の天才よ。それ以来、クロ先輩は『スケベクロウ』の名で呼ばれることになったわ」

「……それ、ただの悪口じゃねえの？」

「とんでもないわよ！　身分が同じになっても、私はあの人にだけは敬意を払うようにしているもの……」

スケベクロウ、スケベクロウと頭の中で反芻《はんすう》するうち、俺はさっと青ざめた。

「ま、まさかそのスケベクロウって……」

「そう。スケアクロウちゃんのモデルとなったサキュバスよ」

「なんてこった！　スケアクロウちゃんのスケって、スケベのスケだったのかよ！」

俺は頭を抱《かか》えた。

「……ひどい、もう愛せない……」

「実際に会ってみればそんなことは言えないかもしれないわよ？　私ですら、あの方の愛くるしさにはつい劣情《れつじょう》を催《もよお》してしまうもの」

私ですらって、お前はわりと誰相手にでも発情してるじゃねえか。

そもそも、どれだけ愛くるしかろうと、俺は三次元相手に発情するようなことはない！

「それじゃ、そろそろ私は行くわ。誰かが来ても、絶対にドアを開けて招き入れちゃいけないわよ？　たとえ私を名乗るやつが現れたとしても、それは偽者《にせもの》だから」

「わ、わかった」

わりとマジで深刻な事態っぽいので、流石《さすが》にここは素直《すなお》に頷《うなず》いておく。

死にたくなければ、とか言われたわけだし。

俺はパルムが去り際に残して行った捨《す》て台詞《ぜりふ》を思い出していた。

――快楽地獄《かいらくじごく》へ叩《たた》き落《お》としてやる！

そうか、快楽地獄ときたか。

……やばい、正直言ってちょっと興味がある。

地獄ってことは、耐《た》えきれないほどの快楽が押し寄せてくるわけだろ？　どんな感じなんだろうか？

リリィが行ってしまったあと、俺は手持《ても》ち無沙汰《ぶさた》になった。

快楽地獄《かいらくじごく》の内容を考えているうちに悶々《もんもん》としてしまい、慌《あわ》てて他のことをしようと思ってもここはアウェイフィールド。

部屋に引きこもってしまった夜美と話すわけにもいかず、俺は大人しくリビングでテレビでも見ていることにした。

しかし電源をつけた途端《とたん》、女二人が絡《から》み合《あ》っている映像が流れ出し、俺は眉《まゆ》をひそめた。

「――あの変態女！　リビングでAVなんて見るんじゃねえよ！　ていうか、見てもいいけど円盤《えんばん》くらい回収しとけ！」

液晶《えきしょう》に映るセクシー女優二人が、「女同士がこんなにいいとか知らなかったのお」とか。「もう男なんていらないわあ、アンアン」とか色々言っていた。

「まさか、こいつは潜在《せんざい》ニーズ喚起《かんき》型のトラップか!?　あのアマ、さては夜美に見せる気だったな……とすると、俺が先に引っかかってよかったか……」

「……私がどうかしましたか？」

そのとき、背後から話しかけられ、俺は口から心臓が飛び出るかと思うほど驚いた。

振り向くと、そこには夜美が立っている。

彼女は顔を真っ赤にし、ゴミでも見るような目で俺を見ていた。

部屋には、テレビから流れるアンアンという嬌声《きょうせい》が響き渡っている。

全身から冷《ひ》や汗《あせ》がぶわりと吹き出すのを感じた。

「よ、夜美……？　わかってると思うけど、これは誤解だからな……？」

「……ヤスにこういう趣味があるとは思いませんでした」

夜美はちらりとテレビに目をやった。

「だ、だから違うんだってえええええ！　俺はレズものなんて興味ないんだよおおおお！」

「そう言えば、ヤスはイラストの中で男の存在を匂《にお》わすのを嫌いますよね」

「それは二次元の話だろうが！　リアルではちゃんとノーマルに決まってるだろ！」

突如《とつじょ》訪《おとず》れた人生の危機に、俺は強制的に立ち向かわされることになっていた。

ＡＶばれやオナばれといった気まずい展開を、まさかおかん相手ではなく、同世代の女の子相手に経験する羽目になるとは……。

「リアルではノーマルってどういう意味ですか？　ヤスはリアルの女の子嫌いですよね？」

鋭い質問を投げかけられ、俺は返答に窮《きゅう》した。

「そ、それは、つまり……そうだ、いまのは言葉のあやで……」

「じゃあちゃんと説明してください。どういう意味ですか？」

「――背理法《はいりほう》だ！」

俺は最近数学の授業で習った概念《がいねん》で勝負に出た。

兵は詭道《きどう》なり。一見難しそうなことを言って煙《けむ》に巻《ま》いてやろうという奇策《きさく》だった。

「……背理法《はいりほう》？」

「ある事柄《ことがら》Aを証明するために、一旦《いったん》Aではない状況を仮定して矛盾《むじゅん》を導くという方法だ！　Aでないと矛盾《むじゅん》が生じるということは、つまりAは正しいということだ！　わかるか！」

「よくわかりませんねえ」

「せめてここまではわかれ！　わかってくれ、頼むから！」

俺は両手をすり合わせて、夜美に懇願《こんがん》した。

「――見ろ、あそこにレズもののAVが流れている！」

気を取り直し、ビシリとテレビを指差す。女二人がアンアンと喘《あえ》いでいる。

「そうですね」

「アブノーマルもののAVだ！　俺はそれに興奮を覚えていない！　よって、俺はノーマルだ！　完璧《かんぺき》な証明だろうが！」

「……ん？　あれ？」

夜美は何度も首を傾《かし》げ、混乱に陥《おちい》ったようだった。

それを見て、俺は内心でほくそ笑《え》んだ。

我ながらめちゃくちゃな理屈《りくつ》だったし、もっと言うと自分でも矛盾《むじゅん》を指摘できたが、とりあえずいまの状況を煙《けむ》に巻《ま》けさえすればいい。

「……俺が言えるのはここまでだ。これ以上語れることなどない。あとは自分で考えろ」

「ちょっと待ってください。ヤスがいま興奮していないことはどうやって証明するんですか？」

「そんなもん、お前が感知すればいいだけだろ！　サキュバスだろ、お前！」

そう言ってから、俺はハッと自分の失敗に気がついた。

目の前にいる夜美の顔が、みるみるうちに赤くなっていく。

し、しまった！　こいつが俺のことを……その、つまり……憎《にく》からず思っているのなら、色欲器官《ラスト》とやらは馬鹿になっているのだった……。

もはや、いま白日《はくじつ》の下《もと》に晒《さら》されようとしているのは、俺の性癖云々《せいへきうんぬん》の話ではなかった。

そうではなく――夜美が俺の情欲を感知できているかどうか、という話にすり替《か》わってしまっていた！

俺は失敗を犯《おか》した。しかし同時に、俺を深追いしたことで夜美も失敗を犯《おか》していた。

「――わかるに決まってるでしょうがあああ！　ヤスはこのレズAVでビンビンに興奮していますよおおおお！」

そこで夜美は開き直りを選択《せんたく》し、さらなる谷底へと駆《か》け落《お》ちていった。

「ま、待て！　嘘《うそ》を吐《つ》くな！　これ以上罪を重ねてもお前のためにならない！」

「うるさい、うるさい！　このすけべぇの変態め！」

はあはあと肩を上下させてから、夜美はじんわりと目に涙を浮《う》かべた。

「わ、私は……」

そしてついに堪《こら》え切れなくなったのか、ぽろぽろと涙をこぼし始める。

「お、おい……夜美？」

「私は……どうしてこんなことしてるんでしょうね……？　ヤスと一緒にいると、いっつもこうです……本当は……ヤスに謝《あやま》ろうと思って出てきたのに……」

謝《あやま》る？　俺に？

どういう意味かわからず、俺は呆然《ぼうぜん》と夜美の泣き顔を見つめた。

「な、何でお前が謝《あやま》るんだよ……？」

そもそも何のことを謝《あやま》る？

「……私のせいで、ヤスを巻き込んじゃいました……私が情けないサキュバスじゃなかったら……みんなに馬鹿にされるサキュバスじゃなかったら……こんなことにはならなかったのに」

それでようやく俺は、夜美が先ほどのパルムと俺の一件を言っているのだと気づいた。

「……巻き込んだ？　それは違うだろ……」

「違いません……全部、私が悪いんです……」

「いや、悪いのはお前を利用しようとしてるやつらじゃねえか。少なくとも、俺はそいつらが正しいとは思えなかったし……だから、俺自身があいつらに喧嘩《けんか》を売っただけだよ」

「でも……」

「いいから、泣くなって。頼むからさ……」

俺はすすり泣く夜美をどうしていいかわからず、彼女のそばに立ったままおろおろしていた。

こういうとき、どうしたらいいんだ？　俺が守ってやるからとか言って、抱《だ》き締《し》めれば格好がつくのだろうか？　でも、夜美は男に触られるのが苦手だし……。

混乱した頭でそんなことを考えていると、夜美の方から俺の胸に頭を預けてきた。

心臓の音がうるさく鳴《な》り響《ひび》き、夜美に聞こえてしまうのではないかとすら思った。

俺はぎくしゃくしながら、夜美の身体《からだ》にそっと手を回した。

夜美の身体《からだ》は信じられないほど華奢《きゃしゃ》で柔らかく、思い切り力を込めると壊れてしまうのではないかと思うほど小さく感じた。

「ううっ……うぅぅぅ……」

泣き続ける夜美を、俺はしばらく生きた心地《ここち》がしないまま抱《だ》き締《し》めていた。

5

「……私、ヤスが私のそばからいなくなっちゃうの、嫌です……」

しばらく泣いていた夜美は、俺の胸に顔を押しつけたまま、消え入るような声で言った。

「パルム先輩なんかにヤスを渡したくありません……先輩だけじゃないです。他の誰にもヤスを渡したくありません。私以外の誰かがヤスにちょっかいかけるのも嫌です。他の女の子を見てヤスが騒いだり、えっちな気持ちになるのも嫌です……」

「お、俺はリアルの女の子を見てそういう気持ちにならないよ……」

「イラストだってそうです。他の女の子をモデルにしたキャラクターを見て、ヤスが喜ぶとイライラします。もっと言うと、私をモデルにした『夜夢ちゃん』を見てヤスがえっちな気持ちになるのも嫌……ヤスには、私を……私だけを見ていて欲しいんです……」

夜美はまた、ぎゅっと強く俺の胸に顔を押しつけた。

「……こんな自分が勝手で、我儘《わがまま》で、嫌な性格をしていることだってわかってます。でも、イライラしちゃうんです。最近になって知ったんですよ……？　自分がこんなに嫌な性格をしていたなんて……私、ヤスと会うまで誰かに執着《しゅうちゃく》することなんてなかったから……」

そこで夜美はおずおずと顔を上げた。彼女の目はまだ潤《うる》んでいた。

「ヤスが何を考えてるのかいつも知りたくって、でもわからなくってイライラします。だって私には、ヤスが誰を見てそういう気持ちになってるかどうかわかりませんから……それで、一人で勝手に空回りして、意地悪なことをヤスにしちゃうんです。本当はそんなことしたくないのに……さっきだってそう……」

それを聞いて、俺はテレビに意識を向けた。

もちろん空気を読んだわけではないだろうが、そこに流れていたいかがわしい映像はもう終わっている。ＡＶは最初のタイトル画面に戻っていて、ポーズを取った二人の女優が液晶《えきしょう》の大部分を占《し》めていた。

「あ、あれは本当に誤解だよ……テレビをつけたらあのビデオが回ってたんだって……」

「わかってます。ヤスのせいじゃないってわかってたのに、わざとあんな嫌な言い方をしたんです……ヤスが他の人を見て、えっちな気持ちになってるんじゃないかってイライラして……」

夜美がそこで真剣《しんけん》な目になり、俺は狼狽《うろた》えた。

「——私、ヤスのことが好きです」

はっきりと紡《つむ》がれた夜美の声に、心臓を突き刺されたような気がした。動悸《どうき》がして、目の前がクラクラした。

「ヤスは嫌だ嫌だって言っても、いっつも最後には私の我儘《わがまま》を聞いてくれます。私、調子に乗って、ヤスの時間をいっぱい貰《もら》っちゃいました。そうやってヤスと一緒にいて、苦手な男の人を克服《こくふく》できているのかはわかりません。ヤスに触られても嫌じゃなくなりました。私からヤスの手を握れるようになりました。でもそれって結局、私がヤスを好きになっちゃっただけですから……」

　言いながら、夜美は目を伏《ふ》せた。

「お、おかしいですよね……？　そういうふりをするだけって言ってたのに。男の人を克服《こくふく》するために、恋人ごっこをしてるだけだったのに……」

「お、俺は……」

　夜美に言わなければならない言葉があると思った。先ほど、リリィに指摘されたこと。

　俺も、お前のことが……と。

　いつからだったろうか。

　俺はあの『夜夢ちゃん』のイラストに、夜美の姿を見るようになっていた。あのキャラを可愛《かわい》いと思うたびに、夜美を可愛《かわい》いと思うようになった。

　そして、次第《しだい》にその気持ちは逆転するようになっていた。否定しようとすればするほど、夜美のことが、何よりも可愛《かわい》く感じてしまうようになった。そんな夜美と一緒に馬鹿をやっているだけで、楽しいと思うようになった。

　時間を貰《もら》った？　違う……俺だって、夜美と一緒にいたかっただけだ……。

　何も言えないまましばらく口をパクパクと動かしていると、夜美がぎこちなく微笑《ほほえ》んだ。

「……いいんです。ヤスがこんな私のことなんて、好きになってくれないのはわかってますから……私はただ、ヤスが優しいからずっと甘えちゃってました……」

「優しい？　俺が……？」

「優しいじゃないですか。普通、いきなりやって来た他人のために、ヤスみたいに献身的《けんしんてき》になれる人なんていませんよ。デートしたいって言ったときも、休日が潰《つぶ》れるのにつき合ってくれたし……それに、三十分も早く来てくれました」

「い、いや、あれは、他にやることがなかっただけで……」

そうとも、俺は優しくなんてない……。

だって、俺はずっとお前から逃げてたじゃないか。

——そして、お前からだけじゃなく、自分の気持ちからも。

いまだって逃げている。彼女は自分の気持ちを打ち明けたのに、俺は同じことができない。

どうしてもその勇気が出ない……。

「ヤス……あと一回だけ、甘えてもいいですか……？」

夜美が言った。あと一回だけ、という言葉を聞いて、胸が締《し》めつけられる気がした。

「ヤスの我儘《わがまま》を聞いてみたいんです。ヤスがしたいことを叶《かな》えてあげたいんです。いままで、ずっと私の我儘ばっかり聞いてもらっていましたから」

「俺のしたいこと？」

「ヤスはきっと私のこと嫌いになります。サキュバスは悪魔ですからね……？　夢の中で、相手の無防備な姿をいくらでも見ることができるんです。自制心がなくなって、欲望の溢《あふ》れ返る状態を覗《のぞ》き見ることが。もちろん、意図的にそこに導くことだって」

俺は依然《いぜん》として眩暈《めまい》を覚えていた。次第《しだい》に立っていられなくなり、床《ゆか》に膝《ひざ》をついてしまう。

「あ、あれ……どうしたんだろ……？」

「……最後にあと一度だけ、私の我儘《わがまま》を聞いてください。私に、あなたの願望を叶《かな》えさせて欲《ほ》しいんです……優しいヤスが、どんな我儘を言うのかを見せてください……」

俺は目を開けていられなくなり、暗闇《くらやみ》で夜美の声を聞いていた。

「さようなら。きっと、もう現実で会うことはないでしょう。パルム先輩からヤスを守るためには、私はヤスと一緒にいちゃダメなんですから……」

待ってくれ、と思った。俺には、きちんと夜美に言わなければならない言葉があるのに……。


……・……・……・……


……気がつくと、俺はゴスロリショップに立っていた。

記憶《きおく》が定《さだ》かではなく、なぜ自分がいまここにいるのかわからない。

そのとき、試着室のカーテンから顔を出した夜美が「ちょっと、ヤス」と声をかけてきた。

それで、ああそうか、と納得する。いま、俺は夜美と服を買いに来ていたのだった。

「どうかした？」

手招きされるまま、試着室に近づく。

「……こっちに入ってください。どんな感じか見て欲《ほ》しくて」

「え、そっち行っていいの？　夜美が着替えてるのに？」

「いいですよ……？」

夜美は顔を真っ赤にしながら、ちらちらと何かを気にしているようだった。

その視線が気になって振り返ると、店員さんと思《おぼ》しき女性がこっちを見てニヤついているのがわかった。

「可愛《かわい》いでしょ？　俺の彼女です」

宣言するように言って、俺は夜美のいる側に入った。

試着室の中は、外から見ていたときほど広く感じず、すぐ近くに夜美の身体《からだ》があるように思った。

「ど、どうです……？」

ゴスロリワンピ姿の夜美は、おずおずと上目づかいで訊《たず》ねてくる。

「めちゃくちゃ似合ってる。でも結局、俺はどんな服着た夜美でも可愛《かわい》いと思うからなあ」

「そ、そんなに褒《ほ》めても何も出ないんですからね……」

「ご奉仕《ほうし》してくれるんじゃないの？　せっかくメイドさんみたいな格好をしてるのに」

「……え？」

夜美はきょとんと目を丸くする。

「膝枕《ひざまくら》してもらいたいなあ。そいつは俺の長年の夢でもあるわけだ。メイドさんに膝枕《ひざまくら》をしてもらいながら、耳掃除《みみそうじ》をしてもらうのが」

「そ、そんなことしませんから！」

「ええ、そんなあ……せっかくメイドさんの彼女がいるのに」

俺がわざとらしく肩を落としていると、しばらくして夜美は観念したように、ぽつりと呟《つぶや》いた。

「……もう、わかりました。一回だけしてあげます……」

「マジで⁉　やった！　好きだよ、夜美！」

彼女に好きと言ったとき、何だか胸のつかえが取れた気がした。

夜美がさっと顔を赤くする。俺はそんな彼女を、改めて可愛《かわい》いと思った。

……・……・……・……

……次に気がつくと、俺は中庭で夜美と昼食を取っていた。

「そう言えばあの新キャラの名前ですけど、夜夢ちゃんに決まりました」

弁当を箸《はし》でつつきながら、夜美がそんなことを言い出す。

「新キャラって、夜美が最初に俺の部屋に来たとき適当に描いたあれ？」

「そうそう」

「確か、夜美自身をモデルにしたやつ」

「そ、そういうのはいいんです……でもまあ……あの子、可愛《かわい》いですよね？　あれから何回か描いたとき、ヤスの反応も上々でしたし……？」

夜美はごにょごにょと言《い》い淀《よど》みながらタブレットを取り出し、俺に渡した。

液晶《えきしょう》には、あの二次元キャラのあられもないイラストが表示されている。

「このキャラ可愛いけど、俺は夜美の方が可愛いと思う」

「え？」

と、顔を赤くする夜美に、俺はタブレットをやんわりと返した。

「俺のために描いてくれたってことは嬉《うれ》しい。けど、俺には夜美がいるから」

俺がそう言うと、夜美は気恥《きは》ずかしそうにうつむいた。

「夜美、あれやってよ、ほら」

言いながら、口を開けて見せる。

「な、何です？」

「あーんだよ。いつもみたいに、食べさせて」

夜美は俺から目を逸《そ》らし、顔を真っ赤にしたまま、手を差し出した。

彼女に選ばれた幸運なおかずは卵焼きだった。

「……じゃあ、はい、ヤス。あーんしてください」

夜美に言われるまま、俺はそれにかぶりついた。

もぐもぐと咀嚼《そしゃく》していると、中身がドロリと溶《と》け、それが半熟の卵焼きだとわかる。

「朝からこんな手間のかかる料理しなくてもいいのに」

「……でも、ヤスのためですから」

「ありがとう。優しい彼女がいて、俺は世界一幸せだなあ……好きだよ、夜美」

するとと夜美は、ますます顔を真っ赤にした。


……・……・……・……


……次に気がつくと、俺は見慣れない浴室にいた。

きょろきょろと周りを見回して、ここがどこだったか思い出す。

ああ、そうか。確か、ここはリリィの家の浴室だったはずだ。

「……ヤス？」

そのとき洗面所から夜美の声がして、おやっと思った。

「……その……バスタオル、ここに置いときますから」

「ちょうどよかった。夜美、背中流してくれない？」

俺が声をかけると、浴室の扉《とびら》の向こうで動く夜美の影《かげ》が、もじもじするのがわかった。

「……え？　で、でも……」

夜美は恥ずかしがり屋だけれど、俺の言うことは何だって聞いてくれる。

俺は我儘《わがまま》を言っている自覚があったものの、少し意地悪をして彼女を困らせるのも好きだったので、ここは強引《ごういん》にいくことにした。

「頼むよ、お願い」

「もう、ヤスは仕方のない人ですね……」

呆《あき》れるような声がしてからしばらく待っていると、浴室の扉《とびら》を開いて夜美が入ってきた。

ほんのりと頬《ほお》を染めてうつむいている姿が、めちゃくちゃ可愛《かわい》い。タオル一枚になったことで身体《からだ》のラインが露《あらわ》になり、いつもはわかりにくいスタイルの良さが際立《きわだ》っている。

「じ、じろじろ見ないでください……恥ずかしいんですから……」

「ごめん。夜美があんまり可愛《かわい》いもんだから」

俺がそう言うと、ますます夜美は顔を赤くする。

「ば、ばかなこと言ってないで、前を向いていてください……背中を洗ってあげます」

「身体《からだ》で洗ってもらうとか無理？」

「……え？」

「男の夢なんだよ！　女の子に密着されて、身体《からだ》で背中を洗ってもらうのが！」

スケベ心丸出しで、俺は力説した。

「ヤスはそんなことが好きなんですか……？」

「俺だけじゃなくて、世の中の男みんなが好きなんだって。馬鹿だからさ。可愛《かわ》い女の子にそういうことしてもらいたいって、みんな思ってる」

可愛《かわ》いと褒《ほ》めたつもりだったが、夜美は不服そうに唇《くちびる》を尖《とが》らせた。

「……可愛かったら、ヤスは他の女の子でもいいんですか？」

「違うって、これ一般論だから。可哀想《かわいそう》な話だけど、他のやつには夜美がいないじゃないか。でも俺には夜美がいる。俺にとって可愛い女の子って言ったら、夜美以外にいない」

「……もう、ばか。私だってヤスみたいにえっちな人、他に知りません」

言いながら、夜美は俺の顔を両手で挟んで強引《ごういん》に前を向かせた。

——ほどなくして、背中にふにょんと柔らかい感触が襲《おそ》ってくる。

夜美の手が後ろから回され、俺の身体《からだ》をぎゅっと抱《だ》き締《し》めた。

「それじゃ……洗いますからね……？」

それから俺たちの身体《からだ》同士がこすり合わされるたび、夜美は俺の耳元で「っん……っん……」と可愛《かわい》らしく、吐息《といき》を漏《も》らした。

俺は幸福感で死にそうだった。死んでいいとさえ思った。

「ああ、幸せだなあ……夜美、愛してるうう……」

「な、何言ってるんですか、もう……」

「結婚しよう！　俺がお前を一生幸せにするから！」

夜美が、俺の後ろでハッと息を呑《の》んだ。

「そ、そんな調子のいいこと言っても、私、ヤスが言ってたこと忘れてませんからね？　ほら、お母さんに言ってたじゃないですか。『俺が三次元の女なんて愛することはない。孫は諦《あきら》めてくれ！』って……」

「――あのときの俺は未熟で、どうしようもなく愚《おろ》か者《もの》だったってだけだ！」

俺は夜美の腕の中で身体《からだ》を回転させて彼女に向き合うと、目の前にある柔らかい身体《からだ》を強く抱《だ》き締《し》めた。

突然《とつぜん》のことにビクリと夜美が身体《からだ》を震《ふる》わせたが、俺は構わなかった。

「でも人は成長して賢《かしこ》くなれるんだ！　俺はお前が好きだ！　心の底から愛してる！」

そのとき、泡《あわ》でつるりとバランスを崩《くず》し、夜美を浴室のタイルに押し倒してしまう。

「……ヤス？」

「あ、夜美、ごめん――」

「……もう、ほんとに強引《ごういん》な人なんですから」

タオル一枚の夜美が、観念したようにぎゅっと目を閉じる。

俺は凄《すさ》まじい興奮で、目の前がピンク色になっていた。

こ、このタイミングで、何を観念するようなことがあるってんだい⁉

つまりこれは——いいのか⁉　俺、初めてはもっと順序を踏《ふ》むべきだと思ってたけど……いまこの場でいいってことかい⁉

——ああ、夜美！

6

……ふと気がつくと、俺は夜美に膝枕《ひざまくら》されていた。

記憶《きおく》があいまいで、ここがどこかわからない。ただ、ひたすら心に幸福感が満ちていた。

ぼんやりした意識の中、俺はあの変態女、リリィの声を聞いていた。

「——とんでもないニュースよ、夜美！　あんたのことでいま、サキュバス界が激震《げきしん》しているわ！」

「ど、どうしました、リリィ？　ああ、これはそういうことじゃなくって……」

夜美はもぞもぞと身体《からだ》を動かしたが、俺はまだ寝ているふりをして、彼女の柔らかいふとももから頭を下ろす気がなかった。

——え、寝ているふり？

自分で考えて、自分で気づく。

ちょっと待って……てことは俺、いままで寝てたの？

一瞬にして、ぶわりと冷《ひ》や汗《あせ》が吹《ふ》き出《だ》してくるのを感じた。

——ゆ、夢だとおおおおおおおお!?　いまのが全部、夢ええええええええええ!?

——なんちゅう夢を見とるんじゃあああああああ俺はああああああああああああ!?

幸福感は一気に絶望へと変わり、いますぐ舌を噛《か》み切《き》って死にたい症状《しょうじょう》にかられた。

でも、舌を噛《か》み切《き》っても人間はほとんど死なないらしい。結構丈夫《じょうぶ》にできているらしい。

俺が他の自殺方法を探して必死に頭を巡《めぐ》らせていると、リリィが夜美に抱《だ》きついた。

勢い余ったリリィの膝《ひざ》が俺の顔面をとらえ、思わず「ぐふっ」とくぐもった呻《うめ》き声を上げてしまう。

「――やった！　やったわ！　この連休中に夜美が送った欲望で、色欲さまがものすごく舌《した》鼓《つづみ》を打ったそうなのよ！　月間賞どころか、年間賞まであり得るレベルですって！　えっと、評価が確か……『エレガントでバランスのとれた独特の味わい。昨年二月に味わった五十年に一度のできを超《こ》える最高にフルーティな仕上がり』だったかしら！」

なんだよ、そのボジョレーヌーボーみたいな感じの適当な評価……。

「あの集欲のためのイラストには、蛍をモデルに使ったでしょ？　サキュバスのモデルを使わずに、男どもから欲望をこしとったのがよかったのかもしれないわ！」

「は、はあ……？」

テンションの高いリリィに対し、夜美の方はいまだにわけがわかっていない様子だった。

「お、落ち着いて聞いてね？　夜美には色欲逆十字勲章《くんしょう》が授与《じゅよ》されるって話よ！　つまり、私たちと同じ上級サキュバスの仲間入りってわけ！」

「色欲逆十字勲章《くんしょう》……え、色欲逆十字勲章《くんしょう》!?」

夜美が素《す》っ頓狂《とんきょう》な声を上げる。

「私が⁉　私があの勲章《くんしょう》の受勲者《じゅくんしゃ》になるんですか⁉」

「そうよ！　とんでもない名誉《めいよ》だわ！」

「ほわあああああ！　ほわああああああ！」

興奮しているらしく、妙《みょう》な奇声《きせい》を上げ始める夜美。

どうやら、その何とか勲章《くんしょう》をもらうのはサキュバスにとって喜ばしいことらしい。けれども、当然のことながら俺にはそのすごさがピンとこない。

「それで、夜美には色欲さまから命令が下されたのよ。この味を、今後も滞《とどこお》りなく届けるようにってね。だから、もう夜美をどうこう言えるサキュバスはいないわ。だって、色欲さま直々《じきじき》の命令なんだもの。上級サキュバスの中でも、さらに特別な存在なのよ」

「上級サキュバス……ふっ……ついに私がそこまでクラスアップする日がきましたか……」

薄目《うすめ》を開くと、視線の先にドヤ顔を浮《う》かべる夜美がいた。

少し視線をずらすと、そんな彼女をうっとりと眺めるリリィの姿も。

「素敵《すてき》よ、夜美……私はずっと言ってたでしょ？　夜美はいまにみんなに認められる存在になるって……」

「そうですねえ。くっくっく……これで、あのパイセンに媚《こ》びへつらわなくて済むということです。むしろ、いままでいいようにやられてきた仕返しをしてやりましょうか。家に呼んでから、靴《くつ》を隠して帰れなくしてやるとか……」

「ああ、さっきのパルムの顔ったらなかったんだから！　夜美が上級サキュバスになったって知って、目が点になってたわ！」

嬉《うれ》しそうなリリィの声を聞きながら、俺は先ほど涙目《なみだめ》になって帰っていったリアルサバトたそことパルムのことを思い出した。

リリィは彼女のカチコミを恐れていたようだったが、いまの話を聞いている限り、どうやらそれはもう心配しなくてもいいらしい。

あいつの母親がどれだけ偉《えら》いと言っても、サキュバスであることには変わりはないはずだ。となると、その上役《うわやく》である色欲さまの決定には逆らえない、と。

「あの子、何があっても絶対ヤスに報《むく》いを受けさせるとか息巻いてたけどね。でも色欲さまの目が光ってるんだから、変なことはできないはずよ」

「……え、先輩はそんなことを言ってたんですか？」

途端《とたん》に、夜美は心配そうな声になる。

「言ってたわ。あんな辱《はずかし》めを受けて、殺すこともできない以上、もうサキュバムート家に加えるしかない、とか何とか……」

「家に加える？」

「まあ、普通に考えたら結婚するって意味じゃないの？　知らないけど」

「……け、結婚って、それは無理ですよ！　何を馬鹿なこと言ってるんですか！」

夜美がおろおろしながら俺の方に目線を落とし、俺は薄く開いていた目をさっと閉じた。

汗が引かない……なんなの、この状況？

いっそ、ぱっと起きてしまった方が楽かもしれない……。

そんなことを考えていたとき――

「だって、ヤスは私のことが好きなんですから……」


――は？


「夢の中で、ヤスはしつこいくらい私のこと好き好きって言ってきたんです。本当にもう、うるさいくらい。しかも最後には、結婚してくれとか言い出しちゃって。はあ、あんなにぐいぐいこられると、追われる身としては困っちゃいますねえ」

「ヤスはずっと夜美にデレデレだったじゃない。いまさら気づいたの？」

「え」

と、言ってから、夜美はわたわたと慌《あわ》て出《だ》す。

「き、気づいていましたとも！　も、もちろん気づいてましたあ！　……でも、確認がいるかなあって思っただけですし……そのために悪魔的な嘘泣《うそな》きをしたり、それっぽい嘘《うそ》を吐《つ》いてですね……誘導《ゆうどう》したわけですな」

「──てめえ、いい加減なこと言うんじゃねえぞ！」

俺は柔らかい膝枕《ひざまくら》の感触に別れを告げ、ガバッと勢いよく身を起こすと、都合よく話を進めようとする夜美に食ってかかった。

「え──ヤス──起きて!?」

「黙って聞いてりゃ、好き勝手に話を盛りやがって！　名誉棄損《めいよきそん》で訴《うった》えるぞ！」

「好き勝手じゃないですよ！　だ、だって……ヤスは私のこと好きって言ったじゃないですか……それに、最後はあんなに恥ずかしいことまでさせて……」

言いながら、夜美は見る見るうちに顔を赤くする。

対する俺も、先ほど夢で見た裸同然の夜美を思い出し、慌《あわ》てふためいた。抱《だ》き締《し》めたとき、信じられないほど柔らかくて、気持ちよかった女の子の身体《からだ》……。

「──て、てめえ、さては俺に、自分にとって都合のいい夢を見させたなあ！」

「……へ？」

「お前が夢を操って、俺にあんなことをさせたり、言わせたりしたんだ！　そうだ、サキュバスは夢を思いどおりに動かせるからなあ！」

「そんなことしていませんよ！　あれはヤスの願望をただ導いただけです！　あれが自制心を取《と》っ払《ぱら》ったヤスの真の姿です！　心からヤスがやりたいと思ってることなんですよ！」

「ちっがあああああう！　ちょっとでも、お前が手を加えてないっていう証拠《しょうこ》があるか!?
何せ、お前は俺のことが好きだからなあ！　さっき告白したもんなあ！　それで、俺にも同じことを言わせようとしたんだろ！」

「こ、告白って……」

夜美はまたおろおろして、俺とリリィの顔を見比べた。

「……そ、それも夢だったんじゃないですかねえ？　私は告白なんてしていませんし？　それが現実だったって証拠《しょうこ》ありますか？」

言われてみると、俺も記憶《きおく》がはっきりしなかった。どこからが現実で、どこからが夢の出来事なのかよく思い出せない……。

「お前、泣いて俺に抱《だ》きついてきただろ!?」

「ヤスだって、タオル一枚の私に抱《だ》きついてきたじゃないですか！」

「それは夢の話だろうが！」

「じゃあ、ヤスのも夢の話ですよ！」

俺は顔に血が上ってくるのを感じた。夜美も顔を真っ赤にしている。

そのとき「カシャ」と音がして、俺たちはハッとなってその方向を見た。

「……私に構わず、続けて」

リリィが真顔で携帯を構えているのを見て、俺はまた死にたくなった。

「と、とにかく、俺は周りからこう呼ばれてるんだ！　二次萌《も》えクソ野郎とな！　だから
――三次元の女なんて、大っ嫌いなんだよおおおおおお！」
俺は渾身《こんしん》の叫《さけ》び声《ごえ》を上げたが、これほど空虚《くうきょ》な言葉はないと自分で感じてしまうほどだった。

エピローグ

あの地獄《じごく》の三連休が終わってから、リアルサバトたそことパルムの勢力と思われる連中の襲《しゅう》撃《げき》はなかった。

リリィによると、俺が夜美《よみ》に膝枕《ひざまくら》されながら盗《ぬす》み聞いた例の話の通り、夜美は上役《うわやく》である色《しき》欲《よく》さまから妙《みょう》な勲章《くんしょう》と待遇《たいぐう》を貰《もら》い、サキュバスたちの間でも、いまではおいそれと手出しできない存在になったということらしい。

「私まで評価が上がっちゃって困るわ。私は、夜美を支えてあげたかっただけ。それなのに、先見の明があるだの、もっとも優《すぐ》れた投資家だの、あることないこと言われてるのよ。私は、そんな打算で夜美と一緒にいたわけじゃないのに」

「ただの性欲だもんな」

「そうね。もうすぐあの子の乱れる姿を見られると思うと、いまから興奮して身体《からだ》の疼《うず》きが止まらないわ。ねえ、ヤス……夜美をいつ押し倒すの？」

「――押し倒すかあ！　俺が三次元の肉塊《にくかい》なんかに欲情してたまるかってんだ！」

「素直《すなお》になりなさいよ。あんたがその気になれば、夜美はいくらも言うことを聞いてくれるはずよ？　それくらい、恋するサキュバスっていうのは一途《いちず》なんだから」

それを聞いて、俺はリリィの顔をまじまじと見つめた。

確かに、こいつは惚《ほ》れている夜美に一途《いちず》だ。ただ、夜美のためにやろうとしていることの、あらゆる方向性を間違《まちが》えていると言うだけで。

俺の訝《いぶか》しげな顔が気になったのか、リリィはきょとんと首を傾《かし》げた。

「どうしたの？」

「いや、何でもない。やっぱり俺は、夜美のことなんて好きじゃないし？　イラストがあれば、俺の人生は満ち足りているわけだし？」

「あんたがいつ我慢できなくなるか見ものだわ。私はサキュバスよ。あんたの情欲だって見えているんだからね」

その言葉を認めるのは癪《しゃく》だったものの、いくら表面を取《と》り繕《つくろ》っても、俺は夜美に惹《ひ》かれてしまう自分がいることに気がついていた。

――が、絶対にそれを言葉にするわけにはいかなかった。

というのも、最初に自分の気持ちを認めるべきなのは、夜美の方だと思っていたからだ。

俺に対して色欲器官《ラスト》が働いていないという明確な証拠《しょうこ》があるにもかかわらず、夜美はいまだに俺のことを好きだと言わない。俺はそれが気に入らずに、あれから彼女と一緒にいてもずっとイライラしていた。

「……なあ、お前俺に告白したよな？　いまから思い出すと、あれは明らかに夢じゃなかったって。確かに『――私、ヤスのことが好きです』って言ってたわ。これは確実だわ」

俺はその日、また話を蒸《む》し返《かえ》していた。

というのも、俺たちはいま年に一度都内で行われるわりと規模の大きな絵師展に来ていて、その展覧会のテーマが『恋《こい》する女の子』だったのだ。

イラストの少女たちはみな可愛《かわい》かった。この十分の一でも、夜美に可愛《かわい》げがあればいいのに……。

「……言ってませんけど？　それも全て、私が好きだから私にも好かれたいっていう、ヤスの下心が見せた夢なんじゃないですか？」

夜美は、やれやれと言わんばかりに肩をすくめる。

「……お前、ふざけるなよ？　なんで世界にはこんな究極の美が溢《あふ》れているのに、その求道《きゅうどう》者《しゃ》たる俺が三次元如《ごと》きにうつつを抜かさなければならないんだ！」

俺は両手を広げて天を仰《あお》いだ。通路に沿って並べられたパネルに、様々なイラストレーターさんが描いたイラストが張られている。

「……見ろお！　この子なんて実にエロい。恍惚《こうこつ》とした表情……艶《なま》めかしい色使い……これこそまさしく芸術だ。こんなものがあるのに、三次元で手を打つなんて妥協《だきょう》は許されない……」

　すると夜美がむっとした様子で、俺の腕をぎゅっとつねった。

「──いったあ！」

「二次元の女の子が、こんなことしてくれますか？　ヤスはリアルに生きてるんですよ？　きちんと自分の願望を認めるべきですね！　ちゃんと認められたら……その……私がそのとおりのことをしてあげてもいいんですから……」

　夜美がもじもじし始めて、俺は狼狽《うろた》えた。

「だ、だからあ！　お前が見たとかいうその願望はリアルじゃなくて、夢の話だろ！　俺はリアルに生きているからこそ、それを認めるわけにはいかない！」

「それは屁理屈《へりくつ》でしょうがあ！」

「お前は言ったよな？　あの夢の俺が、自制心を取《と》り払《はら》った俺の真の姿だって。でも、よくよく考えれば、そいつは変な話だ……」

「何が変な話なんです？　夢ではあんなに私に甘えてきたくせに」

「う、うるせえ！　なぜなら、この強靭《きょうじん》な自制心を含《ふく》めて俺という人間だからだ！　そうだ、確かに夢で俺はお前にエロいことをさせたかもしれない！　でも、それが真の俺であるという結論には疑問を呈《てい》する！　リアルな俺は、やはり二次元の方が好きだ！」

「どうして、もっと素直《すなお》になれないんです！」

「それはこっちの台詞《せりふ》だろうがあ！　お前こそ素直《すなお》に認めろ！　証拠《しょうこ》がある分、お前の方が不利だ！　見ろ、俺はここにいる二次元美少女たちに、ビンビンに発情している！　それがわかるか？　果たして、お前の色欲器官《ラスト》とやらは俺の発情を感知しているかな……？」

俺がほくそ笑《え》むと、夜美は悔《くや》しそうに顔を赤くして、ぷいっとそっぽを向いた。

「……絶対、リアルで言わせてみせますから」

「え？」

「絶対、リアルで私のことが好きだって言わせてみせますから！」

夜美は、ぐいっと俺の腕に自分の腕を絡《から》めてくる。

そしてたじろぐ俺に向かって、いつものドヤ顔を浮《う》かべて見せた……依然《いぜん》として、顔は真っ赤なままだったけれど。

「……どうしたんです？　そんなにびっくりした顔をして」

「いや、だって……」

夜美は俺にぴったりとくっついている。腕から彼女の身体《からだ》の柔らかい感触が伝わってきた。

めちゃくちゃ歩きづらかったが――なんというか――めちゃくちゃ幸せな気分になった。

「早く素直《すなお》にならないと、私は他の人のところにいっちゃいますからね。ほら、こ、こうやって、どんどん私は男の人に慣れてるんですから……ヤス以外の男の人の夢に出て、直接えっちな気持ちを集めることだってできるんですよ……？」

「いや、お前、もうそんなことしなくてよくなったんだろ！　周りのサキュバスたちに、新しい集欲方法を認められたって言ってたじゃねえか！」

「何をむきになってるんです？　ひょっとしてやきもちですか？」

「だ、誰がやきもちなんて妬《や》くかってんだ！　むしろ、それはお前の話だろ？　この絵師展の中に解き放たれた俺は、まさに血に飢《う》えた一匹《いっぴき》の獣《けもの》！　右を向き、左を向き、次から次へと新しいイラストにうつつを抜かす二次元ペロリストよ！」

俺は強引《ごういん》に夜美の腕を引き、歩くスピードを速くした。

「みんな可愛《かわい》いなあ！　ほら見ろ、夜美！　このイラストの子なんて、もうほとんどおっぱい丸出しだぞ！」

「もう知りません！　ヤスのえっち！」

夜美は怒りの声を上げたが、それでも俺の腕を決して離そうとしなかった。

あとがき

知人のライトノベル作家さん同士が結婚しました。

八月に式を挙げるそうで、その場にぼくも呼んでいただけるという話です。

いままで何度か結婚式には参加しましたが、作家さん同士の結婚式というのは初めてなので、いまからとても楽しみです。きっとクリエイティビティに満ち溢れた、すばらしい結婚式になるんだろうなあ。

……でも、ライトノベル作家っていうのは満ち足りてしまうとダメなわけですよ。不幸を原点にしておかないといけないんです。

これは別に、嫉妬で言ってるとかじゃないですけどね？

可愛い彼女がいないから、可愛い彼女を妄想して、そのパトスを原稿にぶつけるわけでしょ？　彼女がいて、彼女への気持ちを参考にして作中のヒロインへの思いを語るんだったら、それはもう物語じゃなくてノンフィクションですよ！　ドキュメンタリーじゃないですか！

ぼくはもう、そんなのライトノベルと認めないですからね⁉

……くれぐれも言っておきますが、これは別に嫉妬とかじゃないです。

一般人の友人周りならともかく、オタクに片足をつっこんだライトノベル作家仲間なら結婚とかしないだろう……とか、そんな考えが裏切られたとか、そういうわけでもありません。

ぼくは、ライトノベル作家が結婚するのは反対です。恋人もいちゃダメ。

むしろ、恋人がいたり結婚したりするライトノベル作家がいたら、ライトノベル作家の肩書きを返上して欲しいです。野《の》に下って欲しいです。

——だっておかしいでしょうが！

人間の半分は女なのに、なんで俺には彼女がおらんの!?

結婚するなら、一人くらい友だち紹介してから結婚してよ！

（※嘘です、本当におめでとうございます。お似合いのお二人で、すごく羨ましいっていう話でした）


——さて、本作が書籍と相成《あいな》るまで、たくさんの方のお世話になりました。

前作から引き続き、本作を担当していただきました編集部の阿南《あなん》さま、清瀬《きよせ》さま。魅力的なイラストで作品を彩っていただきましたなたーしゃさま。タイトルロゴや装丁を美しく仕上げていただきましたデザイン担当さま。内容や誤字脱字に目を光らせていただきました校閲さま。そしてKADOKAWA文芸局をはじめとする、この本の出版、宣伝、営業、販売に関わっていただきました全ての方々。本当に、ありがとうございました。

そして何より、この本を手に取っていただきました読者の皆さまに最大級の感謝を。

二〇一八年　五月　旭《あさひ》　蓑雄《みのお》

◉旭　蓑雄著作リスト

「レターズ／ヴァニシング　書き忘れられた存在」（電撃文庫）
「レターズ／ヴァニシング2　精神侵食」（同）
「MOE―召喚《め》しませ！おとめなえいたんご」（同）
「フェオーリア魔法戦記　死想転生」（同）
「混沌とした異世界さんサイドにも問題があるのでは？」（同）
「青春デバッガーと恋する妄想　#拡散中」（同）
「はじらいサキュバスがドヤ顔かわいい。
～ふふん、私は今日からあなたの恋人ですから……！」（同）

本書に対するご意見、ご感想をお寄せください。

電撃文庫公式ホームページ 読者アンケートフォーム
http://dengekibunko.jp/
※メニューの「読者アンケート」よりお進みください。

ファンレターあて先
〒102-8584 東京都千代田区富士見1-8-19
電撃文庫編集部
「旭 蓑雄先生」係
「なたーしゃ先生」係

本書は書き下ろしです。

電撃文庫

はじらいサキュバスがドヤ顔《がお》かわいい。

～ふふん、私《わたし》は今日《きょう》からあなたの恋人《こいびと》ですから……！

旭《あさひ》 蓑雄《みのお》

2018年7月10日　初版発行

発行者　郡司 聡
発行　株式会社 KADOKAWA
〒102-8177　東京都千代田区富士見2-13-3
0570-06-4008（ナビダイヤル）
装丁者　荻窪裕司（META＋MANIERA）
印刷　旭印刷株式会社
製本　旭印刷株式会社

カスタマーサポート（アスキー・メディアワークス ブランド）
［電話］0570-06-4008（土日祝日を除く 11時～13時、14時～17時）
［WEB］https://www.kadokawa.co.jp/（「お問い合わせ」へお進みください）
※製造不良品につきましては上記窓口にて承ります。
※記述・収録内容を超えるご質問にはお答えできない場合があります。
※サポートは日本国内に限らせていただきます。
※定価はカバーに表示してあります。

ISBN978-4-04-893921-8　C0193　Printed in Japan

電撃文庫　http://dengekibunko.jp/

電撃文庫創刊に際して

文庫は、我が国にとどまらず、世界の書籍の流れのなかで〝小さな巨人〟としての地位を築いてきた。古今東西の名著を、廉価で手に入りやすい形で提供してきたからこそ、人は文庫を自分の師として、また青春の想い出として、語りついできたのである。

その源を、文化的にはドイツのレクラム文庫に求めるにせよ、規模の上でイギリスのペンギンブックスに求めるにせよ、いま文庫は知識人の層の多様化に従って、ますますその意義を大きくしていると言ってよい。

文庫出版の意味するものは、激動の現代のみならず将来にわたって、大きくなることはあっても、小さくなることはないだろう。

「電撃文庫」は、そのように多様化した対象に応え、歴史に耐えうる作品を収録するのはもちろん、新しい世紀を迎えるにあたって、既成の枠をこえる新鮮で強烈なアイ・オープナーたりたい。

その特異さ故に、この存在は、かつて文庫がはじめて出版世界に登場したときと、同じ戸惑いを読書人に与えるかもしれない。

しかし、〈Changing Times,Changing Publishing〉時代は変わって、出版も変わる。時を重ねるなかで、精神の糧として、心の一隅を占めるものとして、次なる文化の担い手の若者たちに確かな評価を得られると信じて、ここに「電撃文庫」を出版する。

1993年6月10日
角川歴彦